Dieses Buch wurde auf chlor- und säurefreiem Papier gedruckt.

Originalausgabe Oktober 1994

Umschlaggestaltung: Manfred Waller, Reinbek
Umschlagfoto: Mall
Satz: Compusatz, München
Druck und Bindung: Elsnerdruck, Berlin
Printed in Germany
ISBN 3-426-67032-1

5 4 3 2 1

Elisabeth Frank

Das fünfte Opfer

Ein Wien-Krimi

Knaur

1

Die Leiche sah aus wie alle anderen Leichen: nackt, blond, und ihre Kehle war von einem Ende zum anderen durchtrennt.
Trotzdem gab es nicht viel Blut.
Marlies Mittermann konnte das nur recht sein. In zwanzig Metern Höhe vertrug sie einen solchen Anblick nicht besonders gut.
Nicht schwindelfrei zu sein war die einzige Schwäche, die sie sich jemals erlaubt hatte. Ansonsten war sie immer eine perfekte Polizistin gewesen.
Die perfekte Kriminalbeamtin.
Außerdem war sie eine Frau. Damit brachte sie alle Voraussetzungen mit, auf der Beliebtheitsskala ihrer Kollegen ganz unten zu rangieren.
»Wer hat die Leiche gefunden?« fragte sie den Polier der Baustelle.
Sie standen auf einer tragenden Decke im siebten Stock eines Hochhausrohbaus am Handelskai. Es gab keine Wände. Auf der anderen Seite der Donau konnten sie die UNO-City sehen.
Um sie herum schwirrten Dutzende von Leuten: Kriminalbeamte des Kommissariats Leopoldstadt, die als erste bei der Leiche gewesen waren, der Polizeiarzt, Fotografen, Mitarbeiter des Erkennungsdienstes; bestimmt waren auch ein paar Journalisten dabei. Ideale Bedingungen, um einen Mordfall zu klären.
»Der Ömer, der Türke, da. Er ist als erster heraufgefah-

ren. Und plötzlich fängt er an zu schreien wie ein Verrückter, und als wir nachgeschaut haben, haben wir das da gefunden. Uns hat es allen ganz schön den Magen umgedreht, kann ich Ihnen sagen.«
Der Polier trat unruhig von einem Fuß auf den anderen. Er hatte noch einen Estrich zu machen. Leichen auf der Baustelle vertrugen sich nicht mit seinem Weltbild. Und eine »Frau Inspektor«, die ihn ständig so ansah, als wäre alles seine Schuld, schon gar nicht.
Der Türke wiederholte stotternd seine Geschichte. »Bin hinaufgefahren mit Aufzug. Ich sehe schwarzen Haufen. Ich denke, hat jemand liegenlassen Mist von gestern. Ich will nehmen Sackerl und wegschmeißen, da sehe ich Haare und fällt heraus Kopf von Frau.«
Er schüttelte sich.
Die Leiche der jungen Frau war in einen schwarzen Müllsack eingewickelt. Ihr Oberkörper wies mehrere Schnittwunden auf. Am schlimmsten war wie immer die Gegend um ihre Scham zugerichtet.
Marlies' Assistent Pirker richtete sich auf. »Hier hat er sie jedenfalls nicht umgebracht«, sagte er, was angesichts der geringen Blutmenge offensichtlich war.
Marlies trat so nahe an den Rand der Decke heran, wie sie es wagte. »Wie hat er sie hier heraufgeschafft?« fragte sie.
Sieben Stockwerke unter ihr fuhr ein Ambulanzwagen vor. Sie trat rasch einen Schritt zurück, bevor ihr schwindlig wurde.
Marlies Mittermann war 34 Jahre alt, verheiratet, kinderlos und mit ihren 1,78 Metern, den blonden Haaren und den dunklen Augen eine auffällige Erscheinung. Keine Empfehlung für den Beruf einer Polizistin. Schon gar nicht in Wien.

Als sie zur Übernahmeprüfung für den Kriminaldienst antrat, war sie gefragt worden, warum sie nicht lieber zum Fernsehen ging.
»Mit dem Aufzug«, sagte Pirker. »Damit sind wir auch raufgefahren.«
Der Bauaufzug war an der Längsseite des Gebäudes aufgestellt. Er reichte bis zum letzten Stockwerk, um Leute und Material zu transportieren.
Marlies sah den Polier an. »Wäre das möglich?«
»Bestimmt nicht. Der Strom ist über Nacht abgeschaltet. Sonst könnte ja jeder damit fahren. Da würde es schön zugehen, kann ich Ihnen sagen.«
»Dann hat er sie eben über die Stiege geschleppt«, sagte Pirker beleidigt.
»Sieben Stockwerke?«
»Kein Problem für einen kräftigen Mann.« Womit sie wieder in ihre Schranken gewiesen war.
»Wo ist der Stromverteiler?« fragte Marlies den Polier.
»Gleich neben der Bauhütte.«
»War der Verteilerkasten abgeschlossen, als Sie den Aufzug heute früh in Betrieb genommen haben?«
»Ja, sicher. So wie immer.«
»Wer hat den Schlüssel?«
»Ich. Aber meistens hinterlege ich ihn im Gebäude. Weil ich nicht immer gleich in der Frühe auf der Baustelle bin. Wenn ich noch was besorgen muß ...«
»Wer weiß davon? Wo der Schlüssel liegt?« fragte Marlies.
»Ich. Und die meisten von den Leuten. Aber da ist bestimmt kein solcher dabei, das weiß ich genau ...«
»Dein Mann ist unten, Marlies«, sagte Walter Nemeth vom Erkennungsdienst.

Marlies schaute schnell nach unten. Helmut stieg eben aus seinem Wagen.
»Hat ihm denn keiner gesagt ...«
Natürlich nicht. Bestimmt keiner von den Kollegen. Und Wagreiter war den ganzen Morgen im Ministerium.
»Ich fahre rasch hinunter«, sagte Marlies zu Pirker. »Sehen Sie inzwischen, ob Sie im Stiegenhaus irgendwelche Spuren finden.«
Sie schloß die Augen, als sie in den Aufzug stieg.
Sie war auch nach einem Jahr Zusammenarbeit immer noch per Sie mit Pirker. Es fiel ihr schwer, sich mit Leuten auf freundschaftlichen Fuß zu stellen, die sie so offensichtlich nicht leiden konnten. Aber Pirker bestand natürlich darauf, es ihr als Arroganz auszulegen.
Das Töchterl des Staatssekretärs im Innenministerium. Das war sie zeit ihres Lebens gewesen. Etwas Besseres als die anderen.
Auch wenn sie sich selbst nie dafür gehalten hatte. Für etwas anderes, ja. Für jemanden, der nicht genau wußte, wo er eigentlich stand. Aber so feine Unterschiede machte niemand.
Hinter jedem Erfolg, den sie hatte, wurde immer die Hand ihres Vaters vermutet. Trotzdem hatte sie manchmal das Gefühl, daß eine solche Protektion ihr noch eher verziehen wurde als die Möglichkeit, sie könnte als Frau für ihre Erfolge ganz allein verantwortlich sein. Wie immer sie es auch anstellte, sie konnte doch nicht gewinnen.
»Was ist hier los? Warum bin ich nicht verständigt worden?« fragte Helmut, als sie aus dem Aufzug stieg. Marlies sah ihren Mann unsicher an. Major Helmut Mittermann. Kriminalkommissar im Sicherheitsbüro

der Wiener Polizeidirektion. Genau wie sie. Sie würde es ihm sagen müssen.
Bald.
Irgendwann.
»Es hat wieder eine Tote gegeben«, sagte sie laut. »Dasselbe Schema wie bei den drei anderen. Kehle durchschnitten, stark verstümmelt. Der Mord wurde irgendwo anders begangen; dann hat der Mörder die Leiche in einen Müllsack gepackt und in diesem Rohbau deponiert. Wahrscheinlich wieder eine Prostituierte. Wir prüfen das gerade nach.«
»Wir? Seit wann gehörst du zum Team? Wagreiter hat mir nichts davon erzählt.«
»Der Chef ist beim Minister. Es hat ein paar Änderungen gegeben. Der Minister will den Fall endlich geklärt haben. Deshalb ...«
»Ich brauche keine Hilfe«, sagte Helmut feindselig, und Marlies verspürte wieder die alten Schuldgefühle.
Wie hatte sie sich jemals einbilden können, mit einer Ehe ihre Probleme zu lösen? Sie hatte Helmut gegen den Widerstand aller geheiratet, ihrer Eltern, ihrer Freunde, vielleicht sogar gegen ihr eigenes besseres Wissen. Sie hatte sich eingebildet, durch die Ehe mit einem einfachen, unkomplizierten Mann auch ihrem eigenen Leben so etwas wie eine Mitte geben zu können.
Statt dessen hatte sich ihre eigene Ruhelosigkeit auf Helmut übertragen. Damals war er alles gewesen, was sie nicht war. Aus einfachen Verhältnissen stammend, Sohn eines Landgendarmen, zäh, ehrgeizig, stark in der Sicherheit seines eigenen Selbstwertgefühls.
Heute lief er ein ständiges Rennen: gegen sich selbst, gegen eine soziale Schicht, in die er nicht hineinpaßte,

gegen seine eigene Frau, der alles glückte, was er sich mühsam erarbeiten mußte.
Er sah müde aus. Viel älter als sechsunddreißig, und Marlies verspürte ein unerwartetes Gefühl der Zärtlichkeit für ihn.
Trotzdem wußte sie, daß sie ihn verlassen würde. Und daß sie ihn gerade jetzt, in diesem Augenblick, mehr verletzen mußte, als er jemals zuvor in seinem Leben verletzt worden war.
»Es geht nicht um Hilfe, Helmut. Es geht darum, daß es von heute an mein Fall ist. Die schriftliche Anweisung liegt vermutlich schon auf deinem Schreibtisch. Das Ganze war nicht meine Idee. Wagreiter denkt ...«
»Das ist mein Fall«, sagte Helmut. »Du kannst ihn mir nicht einfach wegnehmen. Das kannst du nicht. Du kannst nicht alles erreichen, was du willst.«
Seine Stimme war sehr laut geworden. Marlies konnte spüren, daß sie vom siebten Stock aus genau beobachtet wurden. Helmuts Partner Plaschek tat so, als würde er zur Seite sehen, aber natürlich belauschte auch er jedes Wort.
»Was ich, oder irgendeiner von uns, will, ist doch unerheblich. Denkst du wirklich, ich habe mich um diesen Fall *gerissen*? Aber ich habe meine Anweisungen, genau wie du, und ich ...«
»Du glaubst, du brauchst nur einfach hinzugehen, und eins, zwei, drei, ist der Fall gelöst? Das glaubst du doch? Aber manche Fälle sind nicht so einfach zu lösen. Es gibt Grenzen für jeden von uns. Auch für dich.«
»Ich würde mich freuen, wenn du mit mir zusammenarbeiten würdest«, sagte Marlies sehr ruhig. »Ich kann im Moment jede Hilfe brauchen, die ich kriege. Aber die Entscheidung liegt natürlich bei dir.«

»Wie großzügig«, höhnte Helmut. Er beugte sich zu ihr. »Steck dir deinen Fall von mir aus an den Hut!«
Dann drehte er sich um, stieg in seinen Wagen und knallte die Tür zu.
Es war der letzte Schritt. Nichts, was sie jetzt noch tun konnte, würde irgendeinen Unterschied machen. Denn die Frage war natürlich, ob sie den Fall hätte ablehnen können. Und wenn ja, ob sie es *getan* hätte. Und die Wahrheit war, daß sie diesen Fall lösen wollte, um jeden Preis.
Sie wollte beweisen, daß sie eine gute Polizistin war. Daß sie eine ebenso gute Polizistin war wie die Männer. Daß sie eine bessere Polizistin war als die Männer. Daß sie recht gehabt hatte, als sie sich entschloß, Polizistin zu werden.
Und der Preis war Helmut. Es war keine schöne Wahrheit.
Eine Hand tippte ihr auf die Schulter. »Mittermann? Sind Sie der verantwortliche Beamte? Oder Beamtin, muß ich wohl sagen. Mein Name ist Pammer, Ingenieur Pammer, vom Architekturbüro Pecher und Wegart. Sagen Sie, was hat dieser Kerl gegen mich? Mag er keine Brillenträger? Man kommt sich ja schon wie verfolgt vor.«
»Verzeihung?« sagte Marlies verständnislos.
Der Mann war etwa einen halben Kopf kleiner als sie, um die vierzig, mit Brille und Vollbart. Er trug einen flaschengrünen Parka und dunkle Schnürlsamthosen.
Ich muß mich zusammenreißen, sagte sich Marlies. Ich darf nicht zugeben, daß Helmut mich aus der Fassung gebracht hat.
Der Wagen ihres Mannes verließ mit quietschenden Reifen die Baustelle.

»Ingenieur Pammer. Vom Architekturbüro Pecher und Wegart. Ich bin der Bauleiter hier. Unser Büro hat dieses Gebäude geplant. Wir sind dafür verantwortlich, daß die Termine eingehalten werden und die Firmen nicht zuviel vom Geld des Bauherrn ausgeben. Und daß sich die Leichen auf der Baustelle in erträglichen Grenzen halten.«

»Was meinen Sie damit?« fragte Marlies. »Wollen Sie sagen, daß auf dieser Baustelle schon einmal ein Mord passiert ist?«

»Nicht auf dieser. Aber der letzte von diesen Prostituiertenmorden – ich glaube, die Zeitungen nennen ihn den Baustellenmörder –, die Leiche wurde auf einer anderen von meinen Bauten gefunden. Die ich betreue, meine ich. Bei Pecher und Wegart.«

»Wo war das?«

»In Kaisermühlen. Ein Bürokomplex mit Fertigungshalle für einen Computerkonzern. Sie waren das letztemal aber nicht dabei, oder? Daran würde ich mich erinnern.«

»Nein, ich war noch nicht dabei«, sagte Marlies.

»Wir bringen die Leiche jetzt weg. Brauchen Sie noch etwas?« fragte der Mann von der Gerichtsmedizin. Zwei Beamte trugen den Sarg mit der Toten vorbei.

»Ich hätte den Autopsiebericht gerne so schnell wie möglich.«

»Wir tun, was wir können«, sagte der Gerichtsmediziner. »Aber Sie wissen ja, wie es bei uns zugeht. Versprechen kann ich gar nichts.«

»Schrecklich, was heutzutage alles passiert«, sagte Pammer. »Ich meine, da ist so ein Aggressionspotential in den Menschen, das ...«

»Wie heißt die Baufirma, die hier baut?« unterbrach Marlies ihn.

»Metabau. Eine Firma aus Niederösterreich. Nichts dagegen zu sagen. Sehr solide.«
»Und auf der anderen Baustelle? In Kaisermühlen?«
»Das ist die Firma von Dipl.-Ing. Zangerl. Ich verstehe nicht ganz, was ...«
Pirker kam mit Nemeth vom Erkennungsdienst und dem Polier über die Stiege. Nemeths Blick war auf die Betonstufen gerichtet.
»Irgend etwas gefunden?« fragte Marlies.
Nemeth schüttelte den Kopf. »Bis jetzt nichts. Aber meine Leute suchen noch.«
»Sieben Stockwerke. Und es gibt nirgendwo einen Tropfen Blut. Keine einzige Spur, die er beim Hinaufschleppen der Leiche hinterlassen hat. Das gibt's doch gar nicht.« Marlies sah an dem Gebäude hoch. Nackte graue Betonpfeiler schraubten sich in einen feucht-grauen Himmel. »Wie hat er sie da hinaufgebracht?«
»Vielleicht«, sagte der Polier, »vielleicht hat der Sandler etwas gesehen.«

2

Marlies senkte abrupt den Blick. »Sandler? Was für ein Sandler?«
Sandler werden in Wien die Obdachlosen und Bettler genannt. Der Polier sah so aus, als hätte er lieber nichts gesagt. »Der Sandler, den wir heute früh hier im Gebäude gefunden haben. Er hat in einem Zimmer im zweiten Stock übernachtet. Das machen diese Typen oft, wenn sie sonst nichts finden. Dann quartieren sie sich in Rohbauten ein.«
»Und wo ist er jetzt?«
»Wir haben ihn davongejagt. Wir haben uns nichts dabei gedacht. Da wußten wir ja noch nichts von der Leiche. Glauben Sie, daß der Sandler ...«
»Er könnte etwas gesehen haben«, sagte Marlies. »Oder gehört. Er muß doch etwas merken, wenn jemand eine Leiche an ihm vorbeiträgt. Wie hat er ausgesehen?«
»So wie die Kerle eben aussehen. Schmutzig, lange Haare, dunkle Jacke.«
»Das engt den Kreis der Verdächtigen von hundert auf etwa neunundneunzig ein«, bemerkte Marlies trocken.
»Er hatte eine Zipfelmütze auf. Eine rote Zipfelmütze. Die war sogar einigermaßen sauber.«
»Der Toni vom Schwedenplatz. Den kennen wir«, warf Pirker ein. »Soll ich eine Fahndung rausgeben?«
»Aber sagen Sie, sie sollen ihn nur beschatten. Nicht festnehmen. Ich will selbst mit ihm reden«, sagte Marlies. »Wenn er merkt, daß wir etwas von ihm wollen,

taucht er unter, und wir kriegen ihn drei Wochen nicht mehr zu Gesicht.«

»Können wir jetzt weiterarbeiten?« fragte Ingenieur Pammer. »Wissen Sie, jede Minute, die wir hier herumstehen, kostet den Bauherrn ein paar Tausender.«

»Da müssen Sie die Spurensicherung fragen.«

»Meine Leute kämmen noch einmal den siebten Stock durch. Bei dem Durcheinander eine Spur zu finden, ist allerdings reine Glückssache«, sagte Nemeth. »Es wird nicht mehr lange dauern. Sie können inzwischen schon weitermachen.«

»Kommen Sie irgendwann im Lauf des Tages ins Sicherheitsbüro«, sagte Marlies zu Pammer und dem Polier. »Bringen Sie auch den Türken mit. Damit wir Ihre Aussagen aufnehmen können.«

Pirker kam vom Wagen zurück. »Die Fahndung ist draußen. Was machen wir jetzt?«

»Ich fahre zurück ins Büro. Nehmen Sie sich ein paar Männer und befragen Sie die Leute in den umliegenden Häusern. Vielleicht ist irgend jemand in der Nacht aufgestanden und hat zufällig aus dem Fenster gesehen. Groß ist die Chance zwar nicht, aber wenn wir Glück haben, kommt unter Umständen doch etwas dabei heraus.«

Als Marlies in ihr Büro kam, waren die Akten des Falles noch nicht da. Also blieb ihr nichts anderes übrig, als das kurze Stück den Gang entlang zu Helmuts Zimmer zu gehen und sie zu holen.

Der Gang war weißgetüncht, mit einem abgetretenen Steinfußboden und weißen Milchglasscheiben auf der linken Seite. Sie klopfte kurz an Helmuts Tür und trat ohne Aufforderung ein.

Es war nur Fritz Plaschek da. Er war Anfang dreißig, ein

breiter, behäbiger Bär von einem Mann, mit rotem Gesicht und einer blonden Stichelfrisur. Obwohl er eine Art zufriedener Gutmütigkeit ausstrahlte, hatte sich Marlies nie besonders mit ihm verstanden.

»Wo ist Helmut?«

»Im Vernehmungszimmer. Ein siebzehnjähriges Mädchen hat in der U-Bahn eine Pistole gezogen und einen wildfremden Mann erschossen.« Er schüttelte den Kopf. »Allmählich habe ich die Nase voll von diesem Job. Ich hätte in eine Bank gehen sollen wie mein Schwager. Das wäre ein sicherer Posten. Und Nachtarbeit gibt es dort auch keine.«

»Als ob du so was aushalten würdest«, meinte Marlies leichthin. »Ich wollte die Unterlagen über die Baustellenmorde holen.«

»Die sind nicht mehr bei uns«, sagte Plaschek.

»Bei mir sind sie aber auch nicht. Würdest du noch einmal nachsehen?«

»Wenn du meinst.« Plaschek erhob sich seufzend von seinem Drehsessel und begann mit einer umständlichen Durchsuchung aller Schreibtischschubladen. Bei Helmut wurde er schließlich fündig. »Tatsächlich. Da sind sie. Kann ich mir gar nicht vorstellen, wie die da reingekommen sind. Müssen irgendwie druntergerutscht sein.«

»Jetzt sind sie ja wieder da«, sagte Marlies. Sie wollte zur Tür gehen, als Plaschek sagte:

»Helmut hat wirklich hart an diesem Fall gearbeitet. Daß er nicht weitergekommen ist, war nicht seine Schuld. Wie willst du in einer Millionenstadt wie Wien einen einzelnen Verrückten ausfindig machen? Jeder, der dir auf der Straße begegnet, könnte der Täter sein.«

»Ich weiß. Aber es ist auch nicht meine Schuld. Niemand war überraschter als ich, als Wagreiter mich heute früh angerufen hat. So ist das Leben.«
»Es gibt solche Leben und solche Leben«, meinte Plaschek.
»Und es gibt Augenblicke, wo man sich besser um seinen eigenen Kram kümmern sollte«, entgegnete Marlies. Sie machte die Tür hinter sich zu.
In welchem Marilyn-Monroe-Film kam dieses Lied vor: »When love goes wrong, nothing goes right?« Wenn es in der Liebe nicht hinhaut, klappt gar nichts mehr.
Wenn sie den Fall lösen könnte, hätte sie alle Aussicht, die meistgehaßte Frau von Wien zu werden. Und wenn sie ihn nicht lösen konnte, machte sie sich selbst zur Witzfigur.
Sie erinnerte sich, wie sie ihren Eltern erzählt hatte, daß sie zur Polizei gehen wollte. Sie, die Tochter aus gutem Haus, mit einem Diplom in Kunstgeschichte und Germanistik. Es war, als hätte sie vor, nach Papua-Neuguinea auszuwandern und unter Eingeborenen zu leben. Ihr Vater wollte ihr einen bequemen, gutbezahlten Job in einem Ministerium verschaffen.
Ihre Mutter wollte, daß sie sich standesgemäß verheiratete, Kinder zur Welt brachte und gelangweilt in ihrem gediegenen Wohnzimmer herumsaß.
Der Kontrast hätte nicht größer sein können.
Trotzdem hatte sie ihren Kopf durchgesetzt. So wie immer.
Und jetzt?
Sie setzte sich an ihren Schreibtisch und schlug die erste Akte auf.
Angelika Morawetz. 28 Jahre alt. Mit zerschnittener

Kehle in einem Hochhausrohbau in Wien-Fünfhaus gefunden, am 5. Mai dieses Jahres.
Anita Köck, 20. Gefunden auf der Baustelle eines Einkaufszentrums in Meidling, am 17. Juni.
Yolanda Princic, 25, in einem halbfertigen Bürogebäude in Kaisermühlen. Das war Ende August.
Und jetzt, keine drei Wochen später, die vierte. Wieder eine Prostituierte. Wieder ein Rohbau.
Kein Wunder, daß die Zeitungen ihn den Baustellen-Mörder nannten.
Nur half ihr das nicht weiter. Es gab keine Spur. Keinen Anhaltspunkt. Auch die Kontakte, die die Polizei zur Unterwelt hatte, konnten ihnen nicht weiterhelfen. Das bedeutete, daß man dort ebenfalls nichts wußte. Sonst hätten sie schon einen Tip bekommen.
Wie hat er sie in den siebten Stock hinaufgebracht? dachte Marlies.
Diese Frage ging ihr nicht aus dem Kopf.
Für einen Mann war sie vielleicht unerheblich. Für eine Frau, die schon irgendwann in ihrem Leben drei Plastiktüten mit Lebensmitteln sieben Stockwerke hochgeschleppt hatte, weil der Lift kaputt war, nicht.
Wenn er sie getragen hatte, warum bis ganz hinauf? Warum hatte er sie nicht irgendwo im zweiten oder dritten Stock abgelegt?
Sie blätterte in den Akten zurück. Yolanda Princic wurde im zweiten Stock gefunden. Anita Köck im Erdgeschoß. Die Leiche von Angelika Morawetz lag im sechsten Stock.
Warum einmal so hoch oben und einmal nicht? Ihre Erfahrung sagte ihr, daß Verrückte nie etwas grundlos taten.
Wie schaffte er sie hinauf?

Wie schaffte er sie hinauf, wenn der Aufzug abgeschaltet war?
In den Akten standen nur die Namen der Baufirmen. Vier verschiedene Firmen. Aber Pammer hatte sie auf eine Idee gebracht.
Sie rief die beiden Firmen an, auf deren Baustellen in Fünfhaus und Meidling die ersten zwei Leichen gefunden wurden.
Beide Bauten waren vom Architekturbüro Pecher und Wegart geplant worden.
Bei dem Einkaufszentrum in Meidling gab es keinen Aufzug. Aber in Fünfhaus war einer zum Einsatz gekommen. Der Schlüssel war wie auf der Baustelle am Handelskai versteckt hinterlegt worden.
In Kaisermühlen hatte der Polier den Aufzugschlüssel mit nach Hause genommen.
Ich muß Toni finden, dachte Marlies. Und ich muß noch einmal mit dem Polier reden.
Es war der Aufzug.
Die Lösung lag bei den Bauaufzügen.
Der Erkennungsdienst rief an, um ihr zu sagen, daß die Tote von diesem Morgen eine gewisse Martina Stoisits war. Sechsundzwanzig Jahre alt. Die Akte vom Sittenreferat war auf dem Weg zu ihr.
Gegen drei Uhr kam Pirker zurück. Wie erwartet, hatte die Hausbefragung nichts eingebracht. Von dem Landstreicher gab es keine Spur.
Marlies machte ihren Bericht über den Leichenfund und rapportierte bei ihrem Chef, Hofrat Wagreiter, dann fuhr sie mit Pirker in Stoisits' Wohnung.
Sie hofften nicht wirklich darauf, etwas zu finden. Auch in den anderen drei Fällen war die Wohnungsdurchsuchung ergebnislos geblieben. Umgebracht hatte der

Mörder seine Opfer irgendwo anders, vermutlich außerhalb der Stadt. Wo, konnten sie im Augenblick nicht einmal erahnen.
Sie klapperten die einschlägigen Lokale in der Linzer Straße und am Gürtel ab, wo Martina Stoisits in der Hauptsache verkehrt hatte, reichten das Foto der Toten herum und fragten ihre üblichen Informanten aus, aber keiner konnte ihnen etwas erzählen, was sie weiterbrachte.
Eine Kollegin von Stoisits gab an, sie gegen elf Uhr beim Westbahnhof gesehen zu haben. Die Frau war auf dem Heimweg von einer Feier gewesen und hatte Martina durch das Wagenfenster bemerkt. Ob irgend jemand bei ihr gewesen war, konnte die Frau allerdings nicht sagen.
Nachdem sie Pirker an der U-Bahn abgesetzt hatte, drehte Marlies noch eine Runde durch die Stadt, auf der Suche nach dem Landstreicher Toni. Es hatte zu nieseln begonnen. Der Asphalt glänzte silbrig-grau im Licht ihrer Scheinwerfer.
Die Stadt wirkte undeutlich. Unwirklich. Einzig wirklich war der schmale Lichtstreifen zwischen den dunklen Häuserzeilen. Die Bars und Nachtlokale am Gürtel warfen ihr rotes Licht über die Straße.
Marlies bog in die Lerchenfelder Straße ein, hinunter zum Ring, und fuhr über den Franz-Josefs-Kai nach Hause. Sie fand einen Parkplatz in der Nähe ihrer Wohnung, dann ging sie die zwei Straßen weiter zum Schwedenplatz, wo sich abends am Würstelstand die Obdachlosen und Betrunkenen trafen.
Der Regen hatte aufgehört, es war feucht und kühl. Sie aß ein Paar Frankfurter und hörte eine Weile zu. Aber es wurde nichts geredet, was für sie von Interesse gewesen wäre.

»Ich suche den Toni«, sagte sie zu einem, der sich selbst Professor Wilhelm nannte.
»Der kommt nicht mehr hierher, schon lange nicht mehr. Hatte Streit mit Friedrich. Keine Ahnung, worum es ging. Der Toni hat jetzt einen neuen Standplatz, am Reumannplatz. Da kannst du ihn jeden Vormittag finden.«
»Danke«, sagte Marlies. Sie schob einen Geldschein zu ihm hinüber.
Zwei der Betrunkenen sangen lauthals »Oh, mein Papa«, ein dritter hatte sich zum Schlafen mitten auf den Gehsteig gelegt. Eine ältere Dame blieb entrüstet stehen.
»Unerhört ist das! Sich so aufzuführen. Aber das sieht die Polizei nicht.«
Einer der Betrunkenen sagte zu ihr: »Liebling, laß dich von mir küssen!«, und sie rannte entsetzt davon.
Marlies schlenderte zurück zu ihrer Wohnung. Merkwürdigerweise hatte sie nie Probleme mit denen gehabt, die auf der anderen Seite des Gesetzes standen. Für einen Gauner war jeder Kriminalbeamte ein rotes Tuch, egal, ob er ein Mann oder eine Frau war. Die einen versuchten sie einzuwickeln, die anderen beschimpften sie, aber sie wußte immer, daß es nicht persönlich gemeint war.
Helmut war nicht da, als sie in die Wohnung kam. Ein paar Anzüge und Hemden fehlten; also hatte er offensichtlich auch nicht die Absicht, an diesem Abend noch aufzutauchen.
Marlies holte sich etwas zu trinken und trat ans Fenster. Die Wohnung lag im siebten Stock, sie konnte den Donaukanal von der Rossauer Lände bis zur Urania überblicken. Das Riesenrad war ein leuchtendes Halb-

rund über den dunklen Häuserdächern auf der anderen Seite des Kanals.

Natürlich bezahlte ihr Vater die Miete. Von ihren Polizistengehältern hätten Marlies und Helmut sich nie eine solche Wohnung leisten können. Marlies fand nichts dabei. Sie sah nicht ein, weshalb sie nicht gut wohnen sollten, wenn es möglich war, aber Helmut sah die Sache natürlich anders. So wie er alles anders sah als sie.

Sie hatte ihn kennengelernt, als sie noch auf die Polizeischule ging. Er war schon Kriminalbeamter und sah sehr gut aus. Groß, dunkel, ein bißchen zynisch und ein bißchen verletzbar. Sie war sehr in ihn verliebt gewesen damals, zum ersten Mal in ihrem Leben.

Es war ein großes romantisches Abenteuer, und dabei hätte sie es belassen sollen. Aber sie hatte darauf bestanden, ihn zu heiraten, und der Alltag hatte sie eingeholt.

Helmut fand sich durch seine Ehe mit ihr in einer gesellschaftlichen Schicht, von der er niemals auch nur hätte träumen können. Türen standen ihm offen. Sogar die Politik lockte.

Aber er mußte auch sehr schnell feststellen, daß er nichts war ohne sie. Er blieb immer *ihr* Mann. Der Ehemann einer erfolgreichen Frau, die ihm auch noch beruflich den Rang abzulaufen drohte.

Er hatte angefangen zu trinken. Nicht viel, aber gerade genug, um von ihr verabscheut zu werden.

Es gab Streit. Keinen großen, aber oft genug, um ihr Zusammenleben unerträglich zu machen.

Und jetzt? Was tue ich jetzt? fragte sich Marlies zum zweiten Mal an diesem Tag.

Wohin gehe ich von hier aus?

Aber sie fand keine Antwort.

Sie wandte sich vom Fenster ab, als das Telefon klingelte. Die Vorhänge sollten gewaschen werden, dachte sie im Vorbeigehen.
»Marlies? Hier ist Wiltrud Becker. Ich versuche schon seit zwei Tagen, Sie zu erreichen, aber in Ihrem Büro weiß offensichtlich niemand, wo Sie stecken. Es geht um die Klage, Marlies.«
»Es tut mir leid. Ich hätte mich melden sollen. Aber ich habe im Moment sehr viel um die Ohren. Ich bin einfach nicht dazu gekommen, mich damit zu beschäftigen.«
»Das sollten Sie aber«, sagte die Rechtsanwältin. »Die Klage läuft. Sie wird Ihrem Mann morgen zugestellt.«
Marlies holte tief Luft. »Das – Sie hätten noch einmal mit mir reden müssen!«
»Das habe ich ja versucht. Als ich Sie nirgendwo erreichen konnte, habe ich mich mit Ihrem Vater in Verbindung gesetzt. Er meinte, es wäre das beste, die Sache so schnell wie möglich durchzuziehen.«
»Aber ...«
»Sie wollen doch die Scheidung, Marlies?« fragte Dr. Becker.
»Natürlich. Aber – ich wollte mit meinem Mann erst noch darüber sprechen ...«
»Dazu hatten Sie wirklich mehr als genug Zeit. Wenn eine Aussprache einfach nicht möglich ist, bleibt Ihnen keine andere Wahl als die, über Ihren Anwalt zu verhandeln. Das haben wir doch ausführlich besprochen, Marlies. Bitte kommen Sie in den nächsten Tagen unbedingt in mein Büro. Wir haben noch viele Einzelheiten zu klären.«
»Ja, natürlich. Das werde ich«, sagte Marlies. Sie hängte ein.

Wie kommt es, fragte sie sich, daß ich mich plötzlich zu nichts mehr entschließen kann? Ich habe doch auch früher immer gewußt, was ich will. Egal, ob richtig oder falsch, ich habe meinen Kopf durchgesetzt.
Sie fühlte sich todmüde, aber sie wußte, daß sie doch nicht würde schlafen können. Sie setzte sich vor den Fernseher. Im Nachtprogramm lief ein alter Film mit Marlene Dietrich. Die Dietrich spielte eine reiche Erbin, die sich unwissentlich in einen abtrünnigen Mönch verliebt, ihn heiratet und mit ihm eine Reise in die Sahara unternimmt.
Der Film war unsagbar kitschig und sterbensschön. Marlies schaute zu, bis sie darüber auf der Wohnzimmercouch einschlief.
Mike Hammer wäre das nie passiert.

3

Als Marlies am nächsten Morgen ins Sicherheitsbüro kam, begegnete ihr Helmut auf dem Gang. Er war unrasiert und sah so aus, als hätte er in seinem Anzug geschlafen. In der Hand hielt er einen zerknüllten Brief.
»Weißt du, was das ist?«
»Ich kann es mir denken«, sagte Marlies. »Es tut mir leid.«
»Dir tut es leid? Und was ist mit mir? Hast du jemals in deinem Leben auch nur einen Gedanken an jemand anders als an dich selbst verschwendet? Hättest du es mir nicht zumindest selbst sagen können, anstatt so einen Wisch zu schicken?«
»Ich habe jetzt keine Zeit«, sagte Marlies. »Wir reden ein andermal darüber. Ich sagte doch, daß es mir leid tut.«
»Es wird dir leid tun, allerdings.« Helmut knallte die Tür zu seinem Büro zu.
Marlies war froh, sich auf andere Dinge konzentrieren zu müssen. Der vorläufige Autopsiebericht von Martina Stoisits lag auf ihrem Schreibtisch. Obwohl die Gerichtsmedizin hoffnungslos überlastet war, hatte der Fall laut ministerieller Anweisung absoluten Vorrang.
Die Todesursache war die gleiche wie bei den drei anderen Frauen. Durchtrennung der Trachea und der Arteria Carotis. Sie war verblutet. Am Körper der Toten fanden sich tiefe Stich- und Schnittwunden, mit einem

breiten Messer oder einem anderen scharfen Gegenstand zugefügt.
Möglicherweise, stand im Bericht, war die Frau zum Zeitpunkt der Verletzungen noch am Leben. Schrammen und Hämatome an ihren Handgelenken wiesen darauf hin, daß sie gefesselt worden war.
Das bedeutete, daß der Mörder sie an einen Ort gebracht haben mußte, wo ihre Schreie nicht gehört werden konnten.
Ein Waldstück außerhalb von Wien? Folglich mußte der Täter einen Wagen haben. Das brachte möglicherweise etwas. Sie machte sich eine Notiz.
Der Zeitpunkt des Todes wurde als zwischen Mitternacht und halb ein Uhr in der Nacht von Montag auf Dienstag angegeben. Er deckte sich mit den Aussagen von Martina Stoisits' Freundin.
Damit war das Szenario des Mordes ziemlich klar. Alles, was noch fehlte, war der Hauptdarsteller.
Sie rief bei Walter Nemeth vom Erkennungsdienst an, aber die Spurensicherung hatte nichts ergeben. Keine Fingerabdrücke auf dem Müllsack, zu viele überall sonst. Es war anzunehmen, daß der Mörder Handschuhe trug.
Es gab keine Blutspuren am Bauaufzug.
Es gab aber auch keine Blutspuren auf der Stiege.
Als Pirker kam, fuhren sie zusammen zum Reumannplatz. Ein verwahrloster Mann mit einer roten Zipfelmütze wanderte vor den Obstständen herum und bettelte die Passanten an.
»Wie geht's Geschäft, Toni?« fragte Marlies. Pirker hielt ihn rasch am Arm fest, bevor er eine Bewegung machen konnte.
»Ich habe nichts getan«, sagte der Landstreicher. »Wirklich nicht, Frau Kommissar. Sie kennen mich doch.«

»Was denkst du denn, daß ich denke, daß du getan hast?« Toni sah von ihr zu Pirker und wieder zurück. »Ich habe in der Zeitung darüber gelesen. Von der Toten in dem Hochhaus. Aber damit habe ich nichts zu tun. Ich bin doch kein Mörder.«

»Vielleicht nicht. Aber wenn du es nicht warst, mußt du zumindest etwas gesehen haben«, sagte Marlies. »Von dem wirklichen Mörder.«

»Der muß doch genau vor deiner Nase vorbeimarschiert sein. Mit der Leiche.«

»Nicht vor mir. Da war gar nichts. Ich schwöre es. Ich habe niemanden gesehen.«

»Dann warst du der einzige, der dort war«, sagte Pirker. »Du und die Leiche.«

»Hast du vielleicht irgend etwas gehört?« fragte Marlies.

»Doch, genau. Gehört habe ich was. Jetzt, wo Sie es sagen. Da war so ein komisches Geräusch.«

»Was für ein Geräusch?«

»Es klang so – irgendwie wenn – als ob was surren würde. So ein merkwürdiges Surren.«

»Und was geschah danach? Nach dem Surren?«

»Da war es wieder still. Und dann hat es wieder gesurrt.«

»Wie lange?«

»Nicht lange – glaube ich.«

»So ein Blödsinn!« sagte Pirker. »Surren! Was soll denn das heißen?«

»Würdest du das Geräusch – das Surren – wiedererkennen, wenn du es noch einmal hörst?« fragte Marlies den Landstreicher.

»Ich glaube – glaube schon. Aber ich weiß nicht, was es war. Ich habe geschlafen, und plötzlich bin ich aufgewacht, und da war es.«

»Wir fahren jetzt zusammen ins Büro«, sagte Marlies. »Dort muß ich kurz telefonieren, dann machen wir einen kleinen Test. Und du wirst uns dabei helfen.«
»Was kriege ich dafür?« fragte Toni.
»Keinen Ärger«, antwortete Pirker.
Das Telefonieren dauerte doch länger. Der Polier der Baustelle konnte alleine keine Entscheidung treffen, also mußte Marlies bei der Baufirma rückfragen, um die Erlaubnis für ihr Experiment zu bekommen. Dann rief sie wieder den Polier an. Pirker und der Landstreicher warteten inzwischen im Vernehmungszimmer.
Sie fuhren mit dem Wagen zu der Baustelle am Handelskai. Bevor sie ausstiegen, verband Marlies dem Landstreicher mit einem Tuch die Augen. Dann führten sie ihn zu dem Rohbau. Obwohl da und dort Arbeiter herumstanden, war die Baustelle gespenstisch ruhig. Nirgendwo lief eine Maschine. Keiner bewegte sich.
»Jetzt«, sagte Marlies zu dem Polier.
Er setzte einen Hebel in Bewegung.
»Da!« rief Toni. »Das ist es! Das ist das Surren, das ich gehört habe. Genauso hat es in der Nacht zum Dienstag gesurrt.«
Marlies nahm ihm die Augenbinde ab. Vor ihnen fuhr der Bauaufzug in die Höhe.
»Damit hat er also die Leiche in den siebten Stock geschafft«, sagte Marlies. »Das bedeutet, daß der Mörder gewußt haben muß, wo sich der Schlüssel für den Stromverteiler befand.«
»Oder er hat ihn zufällig gefunden«, sagte Pirker.
Der Polier schüttelte den Kopf. »Das kann ich mir nicht vorstellen. Ich meine, da würden wir ihn ja nicht auf der Baustelle lassen, wenn er so leicht zu finden wäre. Daß dort jemand gesucht haben soll ...«

»Wo liegt der Schlüssel für gewöhnlich?« fragte Marlies.
»Kommen Sie. Ich zeige es Ihnen.«
Der Polier ging voraus in das Gebäude. Am Ende des Ganges im Erdgeschoß befanden sich die Toiletten. Einstweilen waren nur die Anschlüsse für die Spülkästen und die Wasserhähne zu sehen. Zwei schmale Fenster in Kopfhöhe spendeten Licht. Der Polier legte seine Hand auf den Fenstersims.
»Da liegt er immer. Da muß einer schon lange suchen, damit er den findet.«
»Das würde ich auch sagen«, stimmte Marlies ihm zu. »Ein Mörder mit einer Leiche im Wagen hat dafür keine Zeit. Unser Mann wußte sehr genau, wo der Schlüssel zu finden war.«
»Aber daß es einer von meinen Leuten gewesen sein soll – sicher, ich kenne nicht jeden wirklich so genau. Weil man ja nie weiß, was in einem Menschen steckt. Aber trotzdem ...«
»Wer außer Ihren Leuten *konnte* davon wissen?« fragte Marlies. »Wird das Architekturbüro darüber informiert, wo der Schlüssel liegt?«
»Nein, warum denn? Das geht die gar nichts an.«
»Und daß irgend jemand es zufällig beobachtet hat? Wer hätte dazu Gelegenheit gehabt? Jemand aus dem Architekturbüro?«
»Ja, sicher, das wäre schon möglich«, sagte der Polier. »Kann schon sein, daß der Pammer am Montag gesehen hat, wo ich ihn hinlege ...«
»Ingenieur Pammer war am Montag auf der Baustelle? Wann?«
»Das wird so – gegen drei gewesen sein. Wir haben zusammen etwas aufgenommen, und das hat ein bißchen länger gedauert. Die anderen hatten schon

Schluß gemacht, als wir fertig wurden. Wir sind zusammen mit dem Aufzug runtergefahren, ich habe den Strom abgestellt und den Schlüssel hier auf den Sims gelegt. Der Pammer hat inzwischen gewartet. Dann hat er mich bis zum Praterstern in seinem Wagen mitgenommen. Das war alles.«

»Aber dabei war er nicht, als Sie den Schlüssel auf den Sims legten?«

»Nein, er hat beim Aufzug gewartet. Ich glaube, er hat sich noch irgendwas aufgeschrieben. Und der Junge ist dann auch gleich gekommen.«

Marlies sah ihn an. »Der Junge?«

»Der war mit dabei. Das ist so ein – ich weiß nicht genau – so eine Art Lehrling bei denen. Er war schon öfter mit dem Pammer auf der Baustelle. Hilft ihm ausmessen und solche Sachen.«

»Und wo war der Junge, während Sie den Schlüssel versteckt haben?«

»Ich weiß nicht. Als ich wieder herausgekommen bin, war er nicht da. Aber er ist dann gleich hinter dem Haus hervorgekommen. Vielleicht hatte er irgend etwas vergessen oder so.«

»Ja, ich verstehe«, sagte Marlies.

»Glauben Sie ...?«

»Sie haben uns sehr geholfen«, unterbrach ihn Marlies. »Vielleicht brauchen wir Sie noch einmal für eine Aussage. Dann werden wir uns bei Ihnen melden.«

»Denken Sie, dieser Pammer hat die Frauen umgebracht?« fragte Pirker, als sie wieder im Wagen saßen. Er zeigte zum ersten Mal so etwas wie Interesse für den Fall. In den letzten zwei Tagen hatte er sich ihr gegenüber leicht feindselig verhalten. Bewußt distanziert. Als wollte er den anderen gegenüber zum Ausdruck brin-

gen, daß er mit der Vorgehensweise gegen ihren Mann nichts zu tun hatte.
Marlies hob die Schultern. »Ich weiß nicht. Aber es ist schon ein komischer Zufall, daß alle Leichen in Bauten des Büros Pecher und Wegart gefunden wurden. Mehr als ein Zufall.«
»Und was machen wir jetzt?«
»Wir machen einen Besuch bei Pecher und Wegart«, sagte Marlies.
Das Architekturbüro befand sich in einem der verschnörkelten Ringstraßenbauten am unteren Ende der Mariahilfer Straße. Sie wurden bereits im Vorzimmer von einer älteren Dame in einem apricotfarbenen Wollkostüm abgefangen. Marlies zeigte ihre Dienstmarke.
»Kriminalpolizei. Ich hätte gerne Herrn Pecher oder Herrn Wegart gesprochen.«
»Frau Dr. Wegart ist außer Haus. Herr Dipl.-Ing. Pecher hat zur Zeit eine Besprechung. Ich werde sehen, was ich tun kann.«
Die Dame verschwand durch eine Glastür, die den Blick freigab auf einen riesigen Raum, angefüllt mit Computern und Zeichenbrettern.
Sechs oder acht Köpfe waren über die Schreibtische gebeugt.
»Ganz schön was los bei denen, was?« sagte Pirker. »Ich wollte mir mal von so einem Architekturbüro einen Plan zeichnen lassen, falls ich doch noch zum Hausbauen komme. Aber dann habe ich mir das Geld lieber gespart. Einstweilen wird ja doch nichts daraus.«
Die apricotfarbene Dame kam zurück. »Herr Dipl.-Ing. Pecher empfängt sie jetzt.«
Sie ging voraus in ein helles, modern eingerichtetes

Büro. An den Wänden hingen großformatige Fotos verschiedener Hochhäuser und Wohnanlagen.
»Mein Name ist Marlies Mittermann, Kriminalpolizei«, stellte sich Marlies vor. »Das ist Inspektor Pirker, mein Mitarbeiter. Es geht um die Tote, die gestern auf Ihrer Baustelle am Handelskai gefunden wurde.«
Der Architekt war um die fünfzig, mit Bart und schulterlangem, grauem Haar. Er trug einen braun-grün gewürfelten Anzug, der ihm an den Schultern zu spannen schien. Während er sprach, drehte er beständig seine Halbbrille in der Hand.
»Bitte, setzen Sie sich doch, Frau – sagt man Kommissar? Sie müssen natürlich verstehen, daß das nicht im eigentlichen Sinn *unsere* Bauten sind. Wir überwachen nur den Fortgang der Arbeiten. Bauherr und Eigentümer ist der, der das Geld dafür zur Verfügung stellt.«
Marlies lächelte höflich. »So genau wollte ich es gar nicht wissen. Mir ist nur aufgefallen, daß alle vier toten Frauen, die wir in den letzten Wochen hier in Wien hatten, auf Ihren Baustellen gefunden wurden. Auf Baustellen, die von Pecher und Wegart betreut werden.«
»Das ist uns natürlich auch nicht entgangen. Und wir wurden dazu auch schon vernommen. Aber es kann sich wirklich nur um einen sehr makabren Zufall handeln.«
»Wer ist – oder war – der Bauleiter bei den beiden Gebäuden in Fünfhaus und Meidling?«
»Das Einkaufszentrum hat Herr Ingenieur Aicher betreut, das weiß ich auswendig. Bei der Wohnhausanlage müßte ich nachsehen.«
»Würden Sie das bitte tun?« bat Marlies.

»Natürlich. Einen Augenblick.« Dipl.-Ing. Pecher sprach in eine kleine Gegensprechanlage auf seinem Schreibtisch. »Frau Plachowetz, könnten Sie für mich nachsehen, wer Bauleiter bei der Wohneinheit in der Goldschlagstraße ist?«
»Das ist Herr Ingenieur Zupatka. Wollen Sie ihn sprechen?«
Der Architekt sah Marlies an. Sie schüttelte den Kopf.
»Im Augenblick nicht. Hatte Herr Pammer jemals etwas mit den beiden Bauten in Fünfhaus und Meidling zu tun?«
»Herr Pammer? Nein, wieso? Soviel ich weiß, hat er seit seiner Rückkehr nur die beiden Bauten in Kaisermühlen und am Handelskai übernommen...«
»Seit seiner Rückkehr? Woher?«
»Er war ein halbes Jahr in Saudi-Arabien. Wir bauen dort eine Freizeitanlage. Westliches Know-how, Sie verstehen.«
»Und wann ist er zurückgekommen?«
»Vor etwa zwei Monaten. Anfang Juli.«
»Ich verstehe«, sagte Marlies. Damit kam Pammer nicht mehr in Frage. »Und der Junge?«
Jetzt war der Architekt überrascht. »Welcher Junge?«
»Der Polier vom Handelskai erzählte uns, Pammer sei am Abend vor dem Mord mit einem Mitarbeiter aus Ihrem Büro auf der Baustelle gewesen. Wer war das?«
»Mein Gott, das weiß ich doch nicht«, sagte Pecher. »Das könnte – da müßte ich Herrn Pammer fragen. Sie erlauben?«
Marlies nickte.
»Frau Plachowetz, würden Sie nachsehen, ob Herr Ingenieur Pammer in seinem Büro ist? Oder vielleicht

können Sie uns auch weiterhelfen? Wissen Sie zufällig, wen der Pammer gestern auf der Baustelle am Handelskai dabei hatte?«

»Ich habe ihn mit dem jungen Horvath weggehen sehen. Ich glaube, sie wollten auf eine der Baustellen.«

»Wer ist das?« fragte Marlies.

»Ein Volontär, der seit einem Dreivierteljahr bei uns arbeitet. Ich muß ehrlich sagen, ich habe mich noch nicht sehr intensiv um ihn gekümmert. Aber was mir über ihn erzählt wurde, kein allzu fähiger Mann. Natürlich muß man den Leuten ein bißchen Zeit geben, sich einzugewöhnen ...«

»Haben Sie irgendwelche Unterlagen, aus denen hervorgeht, an welchen Bauprojekten er in den letzten fünf Monaten mitgearbeitet hat?«

»Da müßten wir wieder Frau Plachowetz fragen.«

Frau Plachowetz wurde gefragt. Marlies sah über ihre apricotfarbene Schulter, als sie in Stundenlisten und Kilometerabrechnungen blätterte.

Christian Horvath hatte von März bis Juli Herrn Zupatka bei der Bauleitung des Wohnhauses in Wien-Fünfhaus assistiert.

Anfang Juni begleitete er Herrn Aicher, den Bauleiter des Einkaufszentrums, für Vermessungsarbeiten nach Meidling.

Ende Juli siedelte er in Pammers Büro über.

»Ich muß Sie um Christian Horvaths Adresse bitten«, sagte Marlies zu Pecher. »Und ich muß Sie bitten, mit niemandem über diese Unterredung zu sprechen.«

»Sie glauben doch nicht ...?«

»Ich werde mich wieder melden«, sagte Marlies.

Als sie Pechers Zimmer verließen, ging eine der Bürotüren auf, und Ingenieur Pammer kam heraus.

»Frau Kommissar! Immer noch auf Mörderjagd?«
»Wir überprüfen zur Zeit die Baufirmen. Ich hatte nur ein paar Routinefragen an Ihren Chef.«
Sie konnte hinter Pammers Rücken einen blassen, rothaarigen Jungen erkennen, der sie erschrocken anstarrte. Marlies sah ihn sich genau an. Sie wußte, daß sie ihren Mörder hatte.

4

Der Rest war einfach.
Marlies ließ Pirker zur Beobachtung vor dem Architekturbüro zurück, während sie selbst mit einer Streife wieder ins Büro fuhr. Aus dem Computer der Zulassungsstelle erfuhr sie, daß Christian Horvath einen alten Toyota besaß, Baujahr '81, mit dem Wiener Kennzeichen HOVI 1. Vermutlich ein Spitzname. Sie notierte auch das.
Dann schickte sie eine Streife zu Horvaths Adresse. Die Beamten entdeckten den Wagen zwei Straßen von der Wohnung entfernt. Marlies alarmierte den Erkennungsdienst.
Anschließend benachrichtigte sie Hofrat Wagreiter und rief den zuständigen Untersuchungsrichter an. In seinem Büro war er nicht zu erreichen, aber sie erwischte ihn auf dem Weg ins Landesgericht.
»Verschonen Sie mich ja mit Indizien«, sagte er, bevor sie noch dazu kam, ihm den Fall ausführlich zu schildern. »Mit Indizien kann man keinen Prozeß gewinnen. Was ich brauche, ist ein Sachbeweis. Lassen Sie den Jungen beobachten, nehmen Sie sein Auto auseinander, und wenn Sie etwas herausbekommen, erlasse ich einen Haftbefehl. Aber nicht früher. Einen Augenblick, Herr Kollege!«
Er lief hinter einem vorbeieilenden Juristen her und ließ sie allein in dem hallenden Korridor des Landesgerichtes stehen.

Marlies bemühte sich, ruhig zu bleiben. Was ihr fehlte, war die abstumpfende Routine, die es ihr erlaubte, die Suche nach Massenmördern als einen Job wie jeden anderen anzusehen. Sie packte ihre Unterlagen zusammen und fuhr zurück ins Sicherheitsbüro.
Pirker rief an, um mitzuteilen, daß Christian Horvath mit der Stadtbahn nach Hause gefahren war. Ihr Assistent wartete vor der Wohnung.
Aber für eine Observierung war es zu spät. Durch ihren Besuch im Architekturbüro war der Junge gewarnt. Wenn er klug war, brauchte er sich nur ruhig zu verhalten; dann konnten sie warten, bis sie schwarz wurden.
»Ich schicke Ihnen einen Streifenwagen«, sagte Marlies zu Pirker. »Bringen Sie den Jungen her.«
Eine halbe Stunde später war Christian Horvath im Sicherheitsbüro. Marlies ließ ihn im Vernehmungszimmer warten. Während sie einen Kaffee trank, ging sie noch einmal die Akten durch. Sie memorierte Namen und Daten. Sie wollte den Fall so fest zuschnüren, daß nicht einmal ein Entfesselungskünstler ihn mehr aufbekam.
Was sie brauchte, war ein Geständnis.
Hofrat Wagreiter steckte seinen Kopf zur Tür herein und sagte: »Ich höre, Sie haben sich den Verdächtigen kommen lassen. Denken Sie, der Bursche hat es getan?«
»Ich weiß, daß er es getan hat«, sagte Marlies.
»Gut, gut. Erstklassige Arbeit, Mittermann. Kann ich schon etwas an die Presse weitergeben?«
»Noch nicht. Aber ich hoffe, bald.«
»Ich bin auf einem Empfang im Ministerium«, erklärte ihr Chef. »Halten Sie mich auf dem laufenden, wenn es etwas Neues gibt. Sie haben schon mit Ihrem Mann gesprochen?«

»Ja – kurz«, sagte Marlies.
»Ich bin froh, daß die Angelegenheit so einvernehmlich gelöst werden konnte. Schließlich kommt es nur auf das Ergebnis an. Das sind wir der Öffentlichkeit schuldig. Sie geben mir Bescheid wegen der Presseerklärung?«
»Ja, natürlich«, antwortete Marlies.
Sie steckte eine Packung Zigaretten ein und ging ins Vernehmungszimmer.
Christian Horvath war neunzehn Jahre alt, Handelsschulabschluß mit Ach und Krach, wegen Asthma wehruntauglich. Eigentlich gab es nichts in seinem Leben, worauf er besonders stolz sein konnte.
Aber spätestens morgen früh wirst du ein Star sein, dachte Marlies, als sie ihm gegenübersaß. Sie werden alles mögliche aus dir machen. Vom Monster bis zum Märtyrer.
Sie wußte nicht, ob sie ihn bedauern oder beneiden sollte.
»Wir möchten Ihnen ein paar Fragen im Zusammenhang mit den Prostituiertenmorden der vergangenen Monate stellen, Herr Horvath«, sagte sie. Sie lächelte aufmunternd. »Kein Grund zur Sorge. Reine Routine.«
»Ich mach mir keine Sorgen«, sagte Christian Horvath. Er knetete nervös seine Finger. Als Marlies' Blick darauf fiel, versteckte er seine Hände rasch unter dem Tisch. »Ich weiß gar nichts darüber. Gar nichts.«
»Vielleicht können Sie uns trotzdem weiterhelfen. Alle vier Leichen wurden auf Baustellen von Pecher und Wegart gefunden. *Sie* hatten auf allen diesen Baustellen zu tun.«
»Wer sagt das?«
»Das haben unsere Ermittlungen ergeben. Wollen Sie es abstreiten?«

Der Junge schaute von ihr zu Pirker, der neben der Tür stand. Sie konnte sehen, wie er fieberhaft überlegte, was weniger belastend für ihn war.

»Ich weiß gar nicht, was Sie von mir wollen«, sagte er schließlich. »Ich bin doch nicht verdächtig, oder? Ich meine, diese Morde könnte doch jeder begangen haben. Einfach jeder.«

»Vielleicht. Vielleicht aber auch nicht«, sagte Marlies. »Es gibt da ein paar Schwierigkeiten.«

»Was für Schwierigkeiten?«

Marlies sah ihn an. Sein Gesicht war weich, ungeformt, verwaschen. Alles mögliche konnte in diesem Kopf vor sich gehen. Sogar so eine verrückte Idee wie die, jemanden umzubringen. *Gerade* so eine verrückte Idee wie die, jemanden umzubringen.

»Es gibt einen Zeugen«, sagte sie.

Einen Augenblick kämpfte er dagegen an, seine Fassung zu verlieren, dann lachte er unsicher. »Und was hat das mit mir zu tun?«

»Wollen Sie nicht wissen, was der Zeuge gesehen hat?«

»Doch, klar. Sicher will ich wissen, was er gesehen hat.«

»Eigentlich nichts«, erklärte Marlies leichthin. »Aber er hat etwas gehört. In der Nacht, als Martina Stoisits ermordet wurde. Wußten Sie das?«

»Was?«

»Daß die Frau Martina Stoisits hieß?«

»Nein, das – nein, ich hab die Zeitung heute noch nicht gelesen«, verbesserte Christian Horvath sich rasch. »Und was hat der Zeuge gehört?«

»Er hat gehört, wie in der Nacht der Aufzug hochfuhr.«

Sie spürte seine Erleichterung und wußte, daß sie ihn fast hatte.

Der Junge hob die Schultern. »Na und? Was soll denn das schon groß beweisen?«
»Es beweist, daß der Täter wußte, wie man den Aufzug bedient. Und wo der Schlüssel dafür zu finden war. Das heißt, er mußte etwas mit der Baustelle zu tun haben. Er mußte etwas mit allen vier Baustellen zu tun haben. Sie verstehen?«
Der Junge schaute wieder zu Pirker. Aber Pirker rührte sich nicht. Er starrte nur ruhig zurück. Vielleicht verstand er selbst nicht ganz, worum es eigentlich ging.
Marlies beugte sich vor. »Wo waren Sie in der Nacht von Montag auf Dienstag, Christian?«
»Da – war ich zu Hause.«
»Sollen wir das nachprüfen?«
»Nein, ich – also schön, ich bin rumgefahren. Mit dem Wagen. Einfach so.«
»Und wo?«
»Keine Ahnung. Weiß ich nicht mehr. Überall.«
»In der Nähe des Westbahnhofs?«
»Kann schon sein. Ich hab doch gesagt, ich weiß es nicht mehr.«
»Haben Sie jemals eine Prostituierte in Ihrem Wagen mitgenommen, Christian?« fragte Marlies.
Der Junge lehnte sich zurück. »Sicher. Da ist doch nichts dabei«, sagte er zu Pirker.
»Und wie war es?« fragte Marlies.
Sein rechtes Augenlid begann zu zucken. Er starrte auf den Tisch. »Na, wie schon? Wie es eben ist.«
»Erzählen Sie mal.«
»Denken Sie, das erzähl ich Ihnen?« Er wandte sich wieder an Pirker. »Was wollen Sie eigentlich von mir? Ich hab doch gesagt, ich weiß nichts über den Mord.«

Marlies stand auf und ging zu Pirker hinüber. »Sehen Sie mal nach, was der Erkennungsdienst herausgefunden hat«, sagte sie leise. »Und lassen Sie sich Zeit.«

»Aber ...«, sagte Pirker.

»Ich sagte, lassen Sie sich Zeit. Ich rufe Sie schon, wenn ich Sie brauche.«

Sie wartete, bis Pirker die Tür hinter sich zugemacht hatte. Dann legte sie die Zigaretten auf den Tisch. »Wollen Sie eine?«

»Ich rauche nicht. Darf nicht. Wegen meines Asthmas.«

»Das findet man selten«, meinte Marlies. »Einen jungen Burschen, der nicht raucht. Obwohl es ja gesünder ist. Aber die meisten rauchen einfach nur, um in zu sein. Damit sie nicht schief angeschaut werden von den anderen.«

»Ja, ich weiß. Die machen sich manchmal ganz schön lustig. Da ...« Er hielt inne. »Das ist manchmal ganz schön hart.«

»Wie gefällt Ihnen Ihr Job in dem Architekturbüro?« fragte Marlies. »Ist das interessant?«

»Ach, ich weiß nicht. Ich mache nur – solche Sachen. Ausmessen und Pläne nachzeichnen und so. Eigentlich wollte ich das nicht wirklich machen, aber ...«

»Was wollten Sie denn machen?«

Er versuchte nachzudenken und stellte fest, daß nichts in ihm war, das er hätte hervorholen können, um sie zu beeindrucken. »Ich – weiß nicht.«

»Aber irgend etwas an Ihrem Job muß es doch geben, das Ihnen gefällt?«

»Doch, ja. Ich – ich mag die hohen Gebäude. Wenn man ganz oben steht, und alles unter einem ist so klein und winzig, dann – das ist so ein Gefühl, als wäre ...«

»Als wäre man der Größte?«

Er sah sie an. Dann senkte er den Kopf. »Ja«, murmelte er. »Der Größte.«
Marlies versuchte an die toten Frauen zu denken und wie sie ausgesehen hatten, aber sie konnte nicht verhindern, daß er ihr leid tat. Das Leben stellte verrückte Dinge mit den Menschen an. Und die, denen es nicht ihre gerechte Chance gab, konnte es verrückt machen.
»Deshalb haben Sie die Leichen ins oberste Stockwerk hinaufgeschafft«, sagte sie leise.
Christian Horvath antwortete nicht. Schließlich sagte er trotzig: »Sie können mir nichts beweisen. Gar nichts.«
»Doch, das können wir«, log Marlies. »Sie sind der einzige, der in Frage kommt. Der einzige, auf den alle Indizien passen. Und der ein Motiv hatte.«
»Was für ein Motiv?«
»Ich kann es mir denken. Aber ich möchte es von Ihnen hören.«
Er lachte bellend. »Was Sie sich schon denken können!«
Marlies beugte sich vor. »Wie war das, als Sie zum ersten Mal eine Prostituierte mitgenommen haben?« fragte sie scharf. »Das war nicht so, wie Sie es sich vorgestellt hatten, nicht wahr? Diese Mädchen von der Straße fassen einen nicht gerade mit Samthandschuhen an ...«
Es war ein Schuß ins Blaue, aber er traf. Christian Horvath sah sie an, als hätte sie ihn ins Gesicht geschlagen.
»Das sind alles – alles ganz –« Er stammelte Unzusammenhängendes – »die sollte man ...«
»Ja?«
»Die bilden sich ein, daß sie irgendwas Besonderes sind. Besonderes, ha! Was das schon ist!«

»Es hat nicht funktioniert, ja?« sagte Marlies.
»Das war doch nicht meine Schuld.« Er wischte sich die Augen. »Ich habe das doch nie gemacht, und ich – sie hätte nicht lachen dürfen. Das hätte sie einfach nicht tun dürfen ...«
»Nein, das hätte sie nicht tun dürfen«, sagte Marlies. Sie stand auf und ging ans Fenster. Hinter ihr weinte Christian Horvath leise vor sich hin.
Draußen war es dunkel geworden. Ein einzelner Fußgänger huschte wie ein graues Phantom den Gehsteig entlang. Der gegenüberliegende Häuserblock lag bereits im Schatten, massiv und wuchtig vor einem blauschwarzen Himmel.
Ein Junge wird in seiner männlichen Eitelkeit gekränkt und richtet ein Blutbad an. Ein siebzehnjähriges Mädchen schießt in der U-Bahn einen Passanten nieder ...
Was ist das bloß für eine Welt? dachte Marlies.
Sie drehte sich um, als die Tür aufging. Pirker schaute herein. Sie bedeutete ihm ein »Nicht jetzt« und ging mit ihm hinaus auf den Gang.
»Das ist der Bericht vom Erkennungsdienst. Vorläufig«, sagte Pirker. Er reichte ihr eine Mappe mit ein paar losen Blättern. »Außerdem hat der Chef angerufen. Sie sollen sich auf jeden Fall noch bei ihm melden, egal, wie spät es ist. Entweder im Ministerium oder zu Hause.«
Marlies ging rasch den Bericht durch. Nemeth hatte im Reifenprofil von Christians Wagen Spuren von Walderde gefunden, unter dem Kotflügel klebten ein paar Tannennadeln. Im Kofferraum lag ein Paar Plastikhandschuhe, sorgfältig abgewaschen. Es gab keine Blutspuren.

Sie gab Pirker die Mappe zurück. Das reichte noch nicht. »Warten Sie im Büro«, sagte sie. »Ich rufe Sie, wenn ich Sie brauche.«
»Sollte ich nicht lieber dabeisein? Ich meine nur, weil ...«
»Ich glaube, ich komme besser mit ihm zurecht, wenn wir allein sind. Es wird nicht mehr lange dauern.«
Sie wußte, daß sie die Vorschriften zurechtbog, aber sie wußte auch, daß Christian Horvath einem Mann gegenüber nie das alles zugegeben hätte. Es konnte auch von Vorteil sein, wenn man nicht für voll genommen wurde.
Christian schluckte und schluchzte trocken, als sie wieder ins Zimmer kam. Sie gab ihm ein Taschentuch. Das war auch etwas, was ein Mann nie bei sich hatte. Sie setzte sich ihm gegenüber.
»Ich kann mir denken, was jetzt in dir vorgeht«, sagte sie. »Du denkst an deine Eltern. Die Leute im Büro. Was sie sagen werden, wenn sie davon hören –«
»Müssen – müssen sie es denn erfahren? Meine Eltern ...«
»Ich könnte dir helfen«, schlug Marlies vor. »Wenn du uns freiwillig alles erzählen würdest, dann bräuchten wir nicht andere danach zu fragen. Die Sache würde nicht so in der Öffentlichkeit breitgetreten. Das willst du doch auch nicht, oder?«
Christian schüttelte den Kopf. »Nein. Nein, sicher nicht. Aber – ich möchte nicht mit meinen Eltern reden müssen. Versprechen Sie mir das? Ja?«
»Ja, das verspreche ich dir.«
Er erzählte alles.
Wie er die Mädchen aufgegabelt hatte.
Wo er mit ihnen hingefahren war (in einen kleinen Wald

am Kahlenberg. Er erzählte ihnen, seine Eltern besäßen dort eine Weinkellerei, die er ihnen zeigen wollte).

Wie er sie getötet hatte (mit einem amerikanischen Army-Messer, das er aus einem Katalog bestellt hatte).

Die Kleider der Toten steckte er auf dem Heimweg in irgendeine Mülltonne.

Dann schaffte er die Leichen so hoch hinauf, wie er nur konnte. Auf den Gipfel seiner Welt. Es war sein letzter und einziger Triumph.

Er erzählte unbefangen, mit akribischer Genauigkeit, als würde er einen Schülerausflug beschreiben.

Es tat ihm nicht leid.

Kein bißchen.

Nur vor den Reaktionen seiner Umwelt hatte er Angst.

Aber vielleicht war dicse Angst so gut wie jede andere Strafe.

5

Marlies stand vom Tisch auf. Es war weit nach Mitternacht. Sie fühlte sich erschöpft und ausgelaugt.
Der Abend schien länger gedauert zu haben als irgendein anderer Abend zuvor. Ein ganzes Leben war an ihr vorbeigezogen. Ein armseliges, unbedeutendes, kleines Leben. Aber sie war zu müde, um zu entscheiden, ob sie beim Gedanken an Christian Horvath Mitleid oder Entsetzen empfand.
»Wir werden das alles aufschreiben«, sagte sie. »Dann brauchst du es nur noch zu unterschreiben. Niemand wird dir mehr Fragen stellen. Jedenfalls nicht im Moment.«
»Und was – was geschieht mit mir?«
Er sah sie an, als wäre sie der einzige Mensch auf der Welt. Und vielleicht war sie das auch. Der einzige Mensch, der ihn noch an die Wirklichkeit band.
»Du bleibst heute nacht hier. Du kommst in eine Zelle. Das ist nicht so ungemütlich, wie es klingt. Morgen früh wird entschieden, was weiter mit dir geschieht.«
»Werden Sie da sein?«
»Ja, natürlich«, erwiderte Marlies. »Natürlich werde ich da sein.«
Sie ging zur Tür.
»Könnte ich vielleicht etwas zu essen haben?« fragte Christian. »Ich hatte heute noch nichts. Nur ein Wurstbrot in der Mittagspause.«
»Ich werde sehen, daß sie dir etwas bringen.«

Der Gang vor dem Vernehmungszimmer war kühl und düster. Ein Wachebeamter war auf einem unbequemen Holzsessel eingenickt. Marlies stieß ihn an.
»Passen Sie auf«, sagte sie. »Ich gehe in mein Büro.«
Die meisten anderen Büros waren schon dunkel. Nur unter Helmuts Tür brannte noch Licht. Marlies zögerte einen Moment, dann klopfte sie und ging hinein.
Es war nur Helmut da. Er stand am Fenster, mit dem Rücken zu ihr. Als er die Tür hörte, drehte er sich um.
»Du bist noch da«, sagte Marlies unnötigerweise.
So wie er da stand, in Hemdsärmeln, die Hände in den Hosentaschen, kam er ihr immer noch ungeheuer stark und solide vor. Wie der Mann, den sie vor Jahren geheiratet hatte.
Sie selbst fühlte sich aus unerfindlichen Gründen den Tränen nahe, und sie wünschte, auf ihn zugehen und sich von ihm in die Arme schließen lassen zu können. Aber dazu war es zu spät.
»Ich habe auf dich gewartet«, sagte Helmut. »Ich muß mit dir reden.«
»Ich bin wirklich sehr müde«, meinte Marlies.
Helmut machte einen Schritt auf sie zu. Sein Gesicht wirkte eingefallen, tiefe Ringe lagen unter seinen Augen. Er war alles, was sie jemals wollte.
Der einzige Mann, den sie je geliebt hatte.
Aber Liebe ist ein Märchen.
Das Leben ist es nicht.
»Können wir es nicht noch einmal zusammen versuchen?« fragte Helmut. »Ich weiß, daß ich Fehler gemacht habe. Aber das hast du auch. Wir sind beide nicht schuldlos daran. Wenn ...«
»Es geht nicht«, sagte Marlies. »Es geht einfach nicht mehr. Siehst du das nicht ein? Der einzige wirkliche

Fehler, den wir gemacht haben, war der, zu heiraten. Und den will ich jetzt rückgängig machen. Für uns beide.«

»Was steckt wirklich dahinter? *Der einzige Fehler, den wir gemacht haben, war der, zu heiraten.* Das ist doch nur eine alberne, hohle Phrase. Was soll das schon heißen? Ich will jetzt endlich den wahren Grund erfahren. Darauf habe ich ein Anrecht, findest du nicht? Also, was ist es? Ein anderer Mann? Ist es das? Ein anderer Mann?«

»Es ist kein anderer Mann«, sagte Marlies.

»Was dann? Na schön, wir haben gestritten. Das tun andere auch. Denkst du, wir sind die einzigen, bei denen es Schwierigkeiten gibt? Aber man kann doch ...«

»Es ist vorbei, Helmut. Begreif das doch endlich! Es ist vorbei. Ich – liebe dich nicht mehr.«

Es fiel ihr schwerer als irgend etwas sonst, das zu sagen. Und sie war sich nicht einmal sicher, ob es überhaupt stimmte. Aber Liebe hatte nicht wirklich etwas damit zu tun.

Die Liebe, die sie für ihn empfand, war ein plötzliches Gefühl, das sie überkam, wenn sie den Eindruck hatte, einen anderen Menschen zu brauchen. Sie hielt einfach nicht an. Nicht all die langen Tage und Nächte, auf der Straße, in den Vernehmungszimmern, im alltäglichen Trott.

Es war ihre eigene Unzulänglichkeit, die eine Ehe unmöglich machte.

Aber wie sollte sie ihm das begreiflich machen?

»Du hast immer alles erreicht, was du wolltest, nicht wahr?« sagte Helmut, und ein Schatten von Bitterkeit huschte über sein Gesicht. Eine Resignation, die sie an ihm nicht kannte. »Du wolltest meinen Job, du wolltest mich, aber das ist dir nicht mehr genug ...«

»Helmut, bitte ...«
»Du hast mir alles genommen, was ich hatte. Meine Arbeit, meine Position, mußt du mir auch noch mein Leben nehmen?«
»Helmut ...«
»Ich höre, du hast den Fall gelöst. Ist es dieser Junge, den Pirker heute hergebracht hat? Willst du dem die Morde in die Schuhe schieben? Das sollte doch sogar für dich zu billig sein. Der arme Kerl kann dir doch nicht das Wasser reichen.«
»Er hat immerhin vier Morde begangen.«
»Bist du dir da ganz sicher? Oder willst du nicht eher deinen Ehrgeiz befriedigen? Die beste Polizistin der Stadt, die ihre Fälle in neuer Rekordzeit löst! Egal, wer dafür büßen muß ...«
»Was willst du damit sagen?«
Er sah sie mit einem merkwürdigen Ausdruck an. Sie dachte, daß er sie hassen mußte, aber das war es nicht, was sie in seinen Augen las. Er schien sie abzuschätzen, so wie ein Langstreckenläufer seine Konkurrenten abschätzt, um herauszufinden, wie stark sie sind.
»Diesem Jungen ein Geständnis zu entlocken ist keine große Kunst. Warum suchst du dir nicht einen Gegner, der dir gewachsen ist? Jemanden von deiner Statur. An dem du vielleicht zerbrechen könntest. Das ist wahres Risiko, Marlies. Erst daran zeigt sich, wer der Beste ist.«
»Ich tue meine Arbeit«, sagte Marlies. »Und ich tue sie gut. Ich brauche deine Belehrungen nicht.«
Sie wollte zur Tür gehen, aber dann drehte sie sich noch einmal um. »Müssen wir denn wirklich so auseinandergehen? Könnten wir nicht – Freunde bleiben?«
»Freunde? Ich finde, du verlangst ein bißchen viel.

Schließlich wollen wir uns scheiden lassen. *Du* willst dich scheiden lassen. *Ich* kenne nicht einmal den Grund dafür.«
Sie waren wieder am Anfang des Gesprächs angelangt. Marlies seufzte. »Ich muß meinen Bericht schreiben.«
Aber Helmut machte einen raschen Schritt nach vorn und versperrte ihr den Weg. »Du willst deine Lorbeeren einsammeln? Dann paß gut auf! Ich habe ein Abschiedsgeschenk für dich.«
Er holte unvermittelt aus und schlug ihr ins Gesicht. Hart und wuchtig.
»Jetzt«, sagte er, »hast du zumindest einen Scheidungsgrund.«
Dann wandte er sich ab und ging zurück ans Fenster. Marlies stand einen Augenblick stockstill. Der Schlag brannte auf ihrer Wange.
Das war alles, was nach sieben Jahren übrig war. Die letzte Gemeinsamkeit.
Sie drehte sich langsam um und verließ das Zimmer. Vor ihrer eigenen Bürotür blieb sie einen Moment stehen, um wieder zu Atem zu kommen und sich die Tränen aus dem Gesicht zu wischen, damit Pirker nichts merkte.
»Er hat alles zugegeben«, sagte sie, als sie die Tür öffnete.
Pirker sprang von seinem Schreibtisch auf. »Ehrlich? Ist ja toll!«
Marlies hatte schon zum Telefonhörer gegriffen. »Ich verständige den Untersuchungsrichter. Dann lassen wir ihn das Geständnis unterschreiben. Sorgen Sie dafür, daß er in der Zwischenzeit etwas zu essen bekommt.«
»Was ist mit Ihrem Gesicht passiert?« fragte Pirker. »Sie sind ganz rot ...«

»Tun Sie jetzt, was ich gesagt habe!« unterbrach Marlies ihn unwirsch. »Ich will nicht die ganze Nacht hier herumsitzen.«
Es war ihr egal, wie spät es war und wie ärgerlich der Untersuchungsrichter klang, als sie ihn aus dem Bett holte. Eine kleine Genugtuung hatte sie sich verdient.
»Der Junge, von dem ich Ihnen heute morgen erzählt habe – pardon, gestern morgen – er hat ein volles Geständnis abgelegt. Sie brauchen ihn nur noch abzuholen.«
»Wollen wir hoffen, daß er es nicht widerruft«, sagte der Untersuchungsrichter und legte auf.
Marlies verließ das Sicherheitsbüro gegen vier Uhr früh. Es war noch dunkel. Auf der Straße war keine Menschenseele zu sehen.
Sie ließ ihren Wagen stehen und ging zu Fuß den Kai entlang. Die Luft roch kühl und frisch. Auf den ziselierten Geländern, die zum Donaukanal hinunterführten, lag ein früher Reif.
Sie hatte mit Hofrat Wagreiter telefoniert und Christian Horvaths Geständnis auf seinen Schreibtisch gelegt. Das Vernehmungsprotokoll war von ihr und Pirker unterzeichnet.
Sie hatte es ihrem Assistenten vorgelegt, und er hatte anstandslos seinen Namen daruntergesetzt. Er wußte offenbar nicht, daß er damit eigentlich eine strafbare Handlung beging, und Marlies hütete sich davor, es ihm zu sagen.
Damit war der Fall für sie erledigt. Was von jetzt an mit dem Jungen geschah, ging sie nichts mehr an.
Darüber sollte sie eigentlich froh sein. Trotzdem verspürte sie ein vages Gefühl der Verantwortung. Wem gegenüber, konnte sie allerdings nicht sagen. Vielleicht

war es auch die Auseinandersetzung mit Helmut, die ihr zusetzte.
Ich bin müde, sagte sie sich selbst. Ich muß mich einmal richtig ausschlafen, bevor ich umkippe.
Unter dem üblichen Berg von Postwurfsendungen, der hinter ihrer Wohnungstür lag, befand sich auch ein Brief ihrer Mutter. Sie erkannte sofort die altmodische, extrem kleine Handschrift, die fast nicht zu entziffern war.
»Liebe Marlies, ich schreibe Dir, weil ich Dich telefonisch einfach nicht erreichen kann, und im Büro will ich Dich nicht anrufen, das weißt Du ja. Bist Du denn nie zu Hause, Liebes? Ich glaube, Du arbeitest zuviel. Warum kommst Du nicht wieder einmal vorbei? Einfach nur so, zum Plaudern. Aber wenn Dir das nicht ausgeht, vielleicht hast Du am fünfundzwanzigsten Zeit? Wir, das heißt Dein Vater hat ein paar Gäste eingeladen, die Treudls und die Ritters, Du kennst sie alle. Komm doch auch, Liebes. Wir würden uns so freuen. In Liebe, Deine Mutter.«
Sie konnte ihre Mutter vor sich sehen, wie sie sich mit der Abfassung des Briefes abplagte, um die passende Formulierung rang.
Ich muß sie anrufen, dachte Marlies.
Aber nicht jetzt.
Nicht heute.
Irgendwann.
Sie stellte den Wecker auf acht Uhr und schlief sofort ein.
Am Donnerstag kam der Untersuchungsrichter, stellte Christian Horvath noch einmal dieselben Fragen, brachte noch einmal dieselben Beschuldigungen vor.
Der Junge hatte mittlerweile einen Anwalt, seine Eltern

waren verständigt worden, alle redeten gleichzeitig auf ihn ein, wo er doch in Wahrheit nur seine Ruhe haben wollte, und Marlies konnte sehen, wie er immer verschreckter und verwirrter wurde.
Er redete nicht viel, nickte nur zu allem, was man ihn fragte, oder murmelte Unverständliches.
Als Marlies das Zimmer verließ, warf Christian Horvath ihr einen Blick zu. Sie wußte, was er dachte. Davon hatte sie ihm nichts gesagt.
Vielleicht war das die eigentliche Strafe: die Zeit von der Verhaftung bis zur rechtskräftigen Verurteilung.
Das war die Hölle.
Wagreiter berief eine Pressekonferenz ein und präsentierte den Journalisten *ihren* Mörder. Marlies mußte über ihre Untersuchung sprechen, über die Hinweise, die sie schließlich auf die Spur des Mörders gebracht hatten. Natürlich kam auch zur Sprache, daß sie den Fall von ihrem eigenen Ehemann übernommen hatte. Ein gefundenes Fressen für die Journalisten.
Pirker rutschte in einem neuen Anzug auf seinem Sessel herum und bemühte sich, lässig auszusehen.
Für den Montag wurde ein Lokaltermin angesetzt. Mit Pressebeteiligung.
Anschließend wurden Marlies und Pirker ins Innenministerium gefahren und offiziell vom Minister belobigt. Sie hätten dem Wohl der Allgemeinheit einen großen Dienst erwiesen und von seinen eigenen, ganz persönlichen Schultern eine große Last genommen.
Und dann war endlich alles vorbei.
Wagreiter entließ sie großzügig schon am Donnerstag abend ins Wochenende.
Marlies machte in der Kärntner Straße Besorgungen, füllte ihren Kühlschrank auf, nahm die Vorhänge her-

unter und schlief vor dem Fernseher ein. Sie rief sogar ihre Mutter an, um für den fünfundzwanzigsten zuzusagen.
Zum ersten Mal seit langer Zeit fühlte sie sich wirklich frei.
Am Montag früh rief Pirker aus dem Büro an und sagte: »Wir haben schon wieder eine Leiche.«

6

»Ich fürchte, ich habe schlechte Nachrichten für Sie«, sagte Hofrat Wagreiter, als sie in sein Büro kam. »Setzen Sie sich. Ich weiß nicht, wie ich Ihnen das sagen soll, aber – der Junge, den Sie wegen der Morde festgenommen haben – er hat sich heute nacht in seiner Zelle erhängt.«

Marlies fühlte sich, als hätte ihr jemand den Boden unter den Füßen weggezogen. Als weiche Wagreiter langsam vor ihr zurück und sie stürzte rücklings in einen schwarzen Abgrund, der sich hinter ihr auftat.

»Er – hängt?«

»Zusammen mit dem neuen Mord sieht das alles natürlich nicht sehr gut aus. Die Presse wird sich mit Begeisterung darauf stürzen. Und die Familie des Jungen – wir werden das selbstverständlich irgendwie hinbiegen, aber ich muß Ihnen sagen, daß der Anwalt der Horvaths mit einer Klage gedroht hat ...«

Seine Stimme kam aus weiter Ferne. Es fiel Marlies schwer, sich darauf zu konzentrieren. Christian Horvath war tot.

»Eine Klage? Gegen wen?«

»Gegen Sie natürlich. Herrgott, Mittermann, wie konnte Ihnen so etwas passieren? Der Junge ...«

»Er hat die Morde gestanden. Jeden einzelnen.«

»Unter Zwang – behauptet der Anwalt der Horvaths. Er behauptet außerdem, Sie seien während des Verhörs mit dem Jungen allein gewesen. Ich weiß nicht, woher er diese Information hat. Das werde ich schon noch herausfinden. Für den Moment will ich von Ihnen nur hören, daß sie nicht stimmt.« Er trommelte ungeduldig mit den Fingern auf seine Schreibunterlage. »Also?«

»Es stimmt«, sagte Marlies.

Wagreiter fuhr fort zu trommeln, ohne etwas zu sagen. Erst nach einer ganzen Weile erklärte er: «Ich habe Sie immer für eine intelligente, fähige Beamtin gehalten, Mittermann. Eine der besten, die wir haben. Sollte ich mich wirklich so getäuscht haben?«

»Ich kann mir das nicht erklären ...«

»Das interessiert mich nicht!« schrie Wagreiter unvermittelt. »Wir haben einen toten Jungen am Hals. Und einen Mord, den er nicht begangen haben *kann*. Da werden Sie mir doch recht geben, oder? Welchen Schluß soll ich Ihrer Meinung nach daraus ziehen?«

»Ich weiß es nicht«, sagte Marlies.

»Das ist nicht die Antwort, die ich von Ihnen hören will. Ich will, daß Sie mir den Mörder bringen. Den *richtigen* Mörder.«

»Ich hatte den *richtigen* Mörder ...«

»Und Evelyn Rambausek? Wurde die von seinem Geist umgebracht? Ich weiß nicht mehr, was mich dazu veranlaßt hat, Ihnen diesen Fall zu geben. Beten Sie, daß es mir wieder einfällt. Bis dahin wird die Untersuchungskommission aufgestockt. Major – Ihr Mann kommt dazu und Inspektor Plaschek. Und dann will ich endlich Ergebnisse sehen. Die Sache mit diesem Horvath nehme ich selbst in die Hand.«

»Wer leitet die Untersuchungskommission?« fragte Marlies.

»Sie natürlich«, sagte Wagreiter feindselig. »Sie jetzt von dem Fall abzuziehen würde einem Schuldeinge-

ständnis gleichkommen. So einen Gefallen werde ich diesem Anwalt nicht tun. Aber ich rate Ihnen gut, keinen Fehler mehr zu machen. Es wäre Ihr letzter in dieser Abteilung.«
Damit war Marlies entlassen.
Es war schlimmer, als wenn er ihr den Fall weggenommen hätte. Die Verantwortung für Erfolg oder Mißerfolg lag weiterhin bei ihr. Aber er hatte ihr einen Bluthund direkt auf die Fersen gesetzt.
Wenn sie den Fall lösen konnte, würde es überall heißen, daß sie es nur durch die Hilfe ihres Mannes geschafft hatte.
Konnte sie ihn nicht lösen, war es ganz allein ihre Schuld.
Sie ging in den Waschraum und starrte ihr Spiegelbild an. Das kurze, blonde Haar war in leichten Wellen nach hinten gekämmt, das Gesicht war immer noch makellos, auch wenn die kleinen Fältchen um Mund und Augen zahlreicher wurden.
Ohne daß sie es verhindern konnte, begann ihr Kinn zu zittern. Ihre Hände verkrampften sich um den Waschbeckenrand. Sie hatte nicht mehr geweint seit ihrem ersten Liebeskummer auf dem Gymnasium. Und auch damals war es mehr aus Trotz als aus echtem Schmerz geschehen.
Aber jetzt war es, als würde ihr jemand mit einer stählernen Faust den Magen zusammendrücken. Als könnte sie nicht mehr atmen.
Es war nicht so, wie es sein sollte.
Nichts in ihrem Leben lief so, wie sie es geplant hatte. Als sie zur Polizei ging, hatte sie gehofft, innerhalb eines Systems zu arbeiten, dessen Regeln und Vorschriften ihr den Halt geben würden, den sie suchte.

Sie war sich so sicher gewesen, das Richtige zu tun.
Sie war sich so sicher gewesen, mit Christian Horvath den Richtigen erwischt zu haben. Sie hatte ihre Informationen wie die Teile eines Puzzles zusammengetragen und nach dem Bild geformt, das sie in ihrem Kopf von dem Fall herumtrug.
Jetzt war von ihrer Sicherheit nichts mehr übrig. Das Bild war fertig, aber ein Teil war übriggeblieben, und das bedeutete, daß auch die restlichen Teile falsch liegen mußten.
Sie hatte das falsche Bild gebaut.
Und Christian Horvath war tot.
Trotzdem konnte sie sich auch diesmal der Motive für ihre Tränen nicht völlig sicher sein. Weinte sie, weil ein – vielleicht – unschuldiger Junge gestorben war? Oder weinte sie aus Zorn, weil sie sich selbst eingestehen mußte, daß sie versagt hatte?
Sie hielt ihr Gesicht unter das kalte Wasser, wischte sich die angeblich wasserfeste Wimperntusche von den Wangen und legte ein wenig Lip-Gloss auf. Dann ging sie in ihr Büro.
Helmut und Plaschek waren schon da. Sie saßen in einer vertraulichen Runde um Pirkers Schreibtisch, tranken Kaffee und rauchten. Die drei lachten über irgend etwas. Vermutlich über mich, dachte Marlies empfindlich.
Bei ihrem Eintreten verstummte das Gespräch. Plaschek stand halb aus seinem Sessel auf, aber da Helmut demonstrativ sitzenblieb, ließ sich auch sein Partner wieder zurücksinken. Keiner von ihnen sagte ein Wort.
Das werde ich Wagreiter irgendwann heimzahlen, dachte Marlies. Irgendwann bekommt er das zurück.
Laut sagte sie: »Da ihr hier seid, nehme ich an, ihr wißt

über alles Bescheid. Wir werden zusammen an dem neuen Fall arbeiten ...«

»Soviel ich sehen kann, ist es immer noch der gleiche«, unterbrach Helmut sie. »Oder sagt man derselbe? Da bin ich mir nie sicher. Aber natürlich habe ich auch nicht studiert.«

Die drei Männer lachten gutmütig. Es war ein direkter Angriff gegen sie und einer, dem sie nicht begegnen konnte. Wenn sie sich zur Wehr setzte, war sie eine hysterische Ziege, die keinen Spaß verstand. Wenn sie es hinunterschluckte, riskierte sie ihre Autorität.

»Es ist derselbe. Wenn es derselbe ist«, sagte sie kühl.

»Danke, Frau Lehrer.« Helmut grinste sie herausfordernd an. Er sah besser aus als noch vor ein paar Tagen. Entspannt und ausgeschlafen. Ihre Niederlage schien ihn ungemein aufzubauen.

Marlies dachte für einen Augenblick an ihre letzte Begegnung und daran, wie sie geendet hatte. Aber die »reale« Ohrfeige von Helmut schien ihr rückblickend harmlos im Vergleich zu dem, was sie in der Zwischenzeit an Schlägen hatte einstecken müssen.

Außerdem , sagte sie sich, war das im Moment nebensächlich. Sie hatten einen Job zu erledigen. Und auch Helmut gab sich ganz unbefangen.

»Also, wenn ich mir die fünf Fälle so ansehe, kann ich keinen Unterschied erkennen«, meinte er. »Scheint alles die gleiche – Verzeihung, dieselbe Handschrift zu sein. Das mit dem Jungen, den du da verhaftet hattest, ist natürlich Pech. Und erzählen kann er uns jetzt auch nichts mehr, der arme Kerl.«

»Wir werden sehen, ob er ein armer Kerl war. Oder ein Killer«, sagte Marlies eisig.

Sie setzte sich an ihren Schreibtisch, so daß Helmut

und Plaschek gezwungen waren, ihre Sessel umzudrehen, um sie anzusehen.
»Wer war am Fundort?«
»Wir beide.« Helmut deutete auf Plaschek und sich selbst. Er zuckte die Achseln. »Wie ich schon sagte: Es ist alles wie bei den vier anderen Morden. Eine Baustelle in der Sonnwendgasse in Favoriten, hinter dem Südbahnhof. Da wird irgend so ein alter Kasten umgebaut. Die Leiche lag ganz oben, im vierten Stock. Kehle durchgeschnitten, Körper übel zugerichtet. Kein sehr schöner Anblick.«
»Was sagt der Polizeiarzt, seit wann sie dort gelegen hat?«
»Keine zwölf Stunden. Er schätzt die Todeszeit auf zwischen Mitternacht und ein Uhr in der Nacht von Sonntag auf Montag. Die Gerichtsmediziner können es uns genauer sagen, aber von denen ist vor morgen nichts zu erwarten.«
Das bedeutete, daß die Ermittlungen sich auf die vergangene Nacht konzentrierten. »Welches Architekturbüro betreut den Bau?«
»Pecher und Wegart«, sagte Pirker.
Marlies schwieg einen Augenblick. Pecher und Wegart. Und sie dachte: Verdammt, verdammt, verdammt. Es konnte nicht möglich sein. Weil es nicht möglich sein *durfte*?
»Also, was ist nun, Sherlock Holmes?« fragte Helmut. »Wie sieht's aus?«
»Ich weiß es nicht. Ich weiß nur …« Sie wollte sagen: Ich weiß nur, was mir der Junge erzählt hat, aber das hätte zu sehr nach dem Gejammere einer Verliererin geklungen, und diesen Triumph wollte sie den dreien nicht gönnen. »Wir müssen irgend etwas übersehen

haben. Danach werden wir jetzt suchen. Gibt es schon eine Akte über die Tote?«
»Noch nicht. Aber wir haben sie angefordert. Einstweilen wissen wir nur den Namen: Evelyn Rambausek. 21 Jahre alt.«
»Rambausek?« Marlies runzelte die Stirn. »Warum kommt mir der Name so bekannt vor?«
Helmut zuckte betont gleichgültig die Achseln. »Ich weiß wirklich nicht, mit wem du für gewöhnlich verkehrst ...« Und alle drei lachten.
Marlies blätterte bereits in den Akten der vier anderen Fälle. Rambausek. Evelyn. Das war die Freundin von Martina Stoisits, die sie als letzte lebend gesehen hatte. Sie reichte Helmut das Blatt. »Schon wieder ein Zusammenhang. Wenn das kein Zufall ist.«
»Sieht ganz so aus, als wüßte der Kerl, was er tut«, sagte Helmut.
Marlies stand auf. »Also schön. Finden wir heraus, wer Evelyn Rambausek als letztes lebend gesehen hat.«
Die drei Männer steckten ihre Waffen ein: Plaschek hatte eine alte Walther PPK, die er sich in den Gürtel steckte. Pirker trug einen 45er Colt Commander in seinem Schulterhalfter. Das hatte er wahrscheinlich in irgendeinem James-Bond-Film gesehen.
Marlies hatte ihre Waffe bereits in der Handtasche: eine Neun-Millimeter Beretta, dieselbe Waffe, die auch Helmut benützte. Er hatte sie ursprünglich damit bekannt gemacht.
Die Vorliebe für die Waffe war geblieben, die Liebe zu dem Mann nicht. Auch eine der Absurditäten ihres Berufes.
Marlies hatte schon die Hand auf der Türklinke, als Helmut fragte: »Konzentrieren wir uns nur auf Neun-

zehnjährige, oder halten wir auch nach anderen Ausschau?«
Es war wie ein Messer in ihrem Rücken, und sie wußte, daß sie dieses Messer noch oft spüren würde. So oft, bis der Fall gelöst war. Auf die eine oder die andere Weise. Trotzdem nahm das Messer ihr für einen Augenblick den Atem. Sie drehte sich langsam um.
»Wir suchen einen Mörder. Das Alter ist mir egal.«
Sie sah ihrem Mann in die Augen. Marlies konnte in Helmuts Augen Belustigung lesen und eine Spur von Grausamkeit. Es war die Grausamkeit dessen, der nichts mehr zu verlieren hatte. Und sie sagte sich: Es ist nicht meine Schuld. Ich habe nur das getan, was ich tun mußte. Trotzdem war sie es, die den Blick zuerst senkte.
»Gehen wir jetzt«, sagte sie.
»Wir wissen von Wagreiter, daß du hier der Boß bist«, sagte Helmut. »Aber bilde dir nur nicht ein, daß irgendeinem von uns das Spaß macht.«
»Das ist Pech für euch«, erwiderte Marlies. »Ich genieße jeden Augenblick.«
Sie fuhren zum *Da Capo*, einem Nachtlokal in der Nähe des Westbahnhofs. Der Barkeeper war ein Freund von Marlies oder das, was man in ihrem Beruf als Freund bezeichnen konnte. Er war nicht allzu entsetzt, wenn er sie sah, und hin und wieder erzählte er ihr sogar die Wahrheit.
Sie hatten ein Foto von Evelyn Rambausek, das gemacht worden war, nachdem man sie gefunden hatte. Es war nicht allzu ästhetisch, aber es genügte für den Zweck. Marlies legte es vor dem Barkeeper auf den Tresen.
»Evelyn Rambausek. Hast du die gekannt? Ist sie mal hier gewesen?«
Im Lokal war um diese Zeit nicht viel los. Zwei über-

nächtigt wirkende Kellnerinnen saßen an einem Tisch in der Ecke beisammen und tranken Kaffee. In einem Hinterzimmer spielte jemand Billard.
Der Barkeeper beäugte das Foto aus sicherer Entfernung.
»Kann schon sein, daß ich sie gekannt habe. Was ist mit ihr passiert?«
»Das versuchen wir gerade herauszufinden«, sagte Helmut. »Wenn du nicht in Schwierigkeiten kommen willst, solltest du lieber ein bißchen gesprächiger werden.«
Der Barkeeper sah ihn an. »Hab ich irgendwas Falsches gesagt? Man wird ja wohl noch fragen dürfen.«
»Wo hat die Evelyn für gewöhnlich verkehrt? Hier?«
»Sie hat ein paarmal hereingeschaut, auf ein Bier oder einen Kaffee. Sie ist gerne bei der Stadthalle gestanden, besonders, wenn was los war, ein Konzert oder irgend so eine Veranstaltung. Mehr weiß ich nicht. Ich habe sie wirklich nicht sehr gut gekannt.«
»Wer könnte sie gekannt haben?« fragte Marlies. Es störte sie, wie Helmut sie ins Abseits gedrängt hatte.
Der Barkeeper zuckte die Achseln.
»Keine Ahnung. Ich habe sie nie mit jemandem zusammen gesehen. Außer mit der Gerda. Zu der hat sie sich manchmal gesetzt. Vielleicht weiß die was.«
»Wer ist das?«
»Gerda. Was weiß ich, wie sie sonst noch heißt. Ihr findet sie auch an der Hütteldorfer Straße bei der Stadthalle. Oder ihr versucht es im Café Lorenz. Aber sagt bloß niemandem, daß ihr das von mir habt.«
»Unsere Lippen sind versiegelt«, sagte Helmut.
Sie fuhren zur Stadthalle. Das Café Lorenz war eine schäbige Gastwirtschaft in einer Seitenstraße der Hütteldorfer Straße. Pirker fuhr rechts heran.

»Ich glaube, es ist nicht nötig, daß wir alle gehen«, sagte Marlies. »Wir sind ja kein Überfallkommando.«
»Sollen wir losen?« fragte Helmut.
Marlies öffnete ihre Wagentür. »*Ich* gehe. Wer von euch mitkommt, ist mir egal.«
Natürlich stieg Helmut aus. Pirker und Plaschek begnügten sich für den Moment damit, ihr Duell aus der Ferne zu beobachten, wie zwei mäßig interessierte Zuschauer.
Aber natürlich waren sie das nicht. Sie verfolgten jede Bewegung und jedes Wort, das zwischen Helmut und Marlies gewechselt wurde, mit Argusaugen, um es bei Bedarf an irgendeinem Stammtisch wiedergeben zu können. Kein Massenmord konnte es zur Zeit mit dem Fall Mittermann gegen Mittermann aufnehmen.
In der Hütteldorfer Straße waren um diese Tageszeit nur ein paar Passanten unterwegs. Der Platz vor der Stadthalle war menschenleer.
Als sie zum Lokal hinübergingen, sagte Helmut plötzlich: »Ich habe am Freitag mit meinem Anwalt geredet. Er sagt, ich kann die Scheidung ganz schön in die Länge ziehen, wenn ich will. Du hast nicht wirklich triftige Gründe.«
Als Marlies ihn ansah, fügte er rasch hinzu: »Aber natürlich werde ich das nicht tun. So kindisch bin ich nicht. Du mußt selbst wissen, was du tust.«
»Das ist sehr – anständig von dir«, sagte Marlies.
»Ich habe noch ein paar Sachen in der Wohnung. Macht es dir was aus, wenn ich irgendwann vorbeikomme und sie abhole? Vielleicht heute abend?«
»Natürlich nicht. Du kannst kommen, wann du willst.«
Das Café Lorenz hatte nur einen einzigen Gast. Ein alter

Mann in einem zerschlissenen grauen Jacket saß bei einem halbleeren Glas Bier. Die Einrichtung des Lokals bestand aus abgeschlagenen Holztischen und Sesseln; an den Wänden hingen verblichene Ölbilder in billigen Farben von Landschaften an der Donau.
Marlies und Helmut warteten einen Moment. Als niemand kam, gingen sie durch den Schankraum in die Küche.
»Was denn! Was denn!« rief eine Stimme hinter ihrem Rücken. »Ist das ein Selbstbedienungsladen? Ihr werdet wohl noch eine Minute warten können.«
»Kaum«, sagte Helmut und zückte seine Dienstmarke. »Kriminalpolizei.«
»Bei mir werdet ihr nichts finden. Ich habe alles tiptop in Ordnung.« Der Wirt war ein Mann um die fünfzig mit spärlichen grauen Haaren, die in wirren Büscheln von seinem Kopf abstanden.
»Wetten doch«, sagte Helmut. »Wir suchen Gerda.«
»Was für eine Gerda? Ich kenne keine Gerda.«
»Wir können auch mit einem Durchsuchungsbefehl wiederkommen, wenn Ihnen das lieber ist. Ich nehme an, die Einrichtung im Lokal ist nicht mehr viel wert.«
»Das könnt ihr gar nicht machen«, sagte der Mann, aber er wischte nervös seine Hände an den Hosenbeinen ab.
»Also schön, sie hat oben eine kleine Wohnung. Im zweiten Stock. Aber ich lasse sie da nur aus Gefälligkeit wohnen. Ich weiß eigentlich von gar nichts.«
»Sie sind ein echter Menschenfreund, das merkt man gleich«, sagte Helmut. »Wie kommen wir zu der Wohnung?«
»Den Gang hinunter und die Stiege hinauf. Es ist die erste Tür auf der rechten Seite.«

Die Stiege war stockfinster. Es roch nach Küchendunst und feuchtem Verputz.

»*Ich* werde mit dieser Gerda reden«, sagte Marlies beim Hinaufgehen. »Also sei so gut und halte dich zurück.« Sie hörte ihren Mann im Dunkeln leise lachen. »Alles, was du sagst. Du bist der Boß.«

7

Die erste Tür auf der rechten Seite im zweiten Stock war irgendwann einmal blau gewesen, aber mittlerweile war die Farbe zu einem undefinierbaren Grau verwittert. Marlies klingelte.
Die Tür öffnete sich einen Spaltbreit, und ein blasses Auge lugte heraus.
»Wer sei ihr? Was wollt ihr?«
»Kriminalpolizei«, sagte Marlies und zeigte ihren Ausweis. »Können wir Sie kurz sprechen? Es geht um Ihre Freundin Evelyn Rambausek.«
Hinter der Tür herrschte einen Augenblick Stille, dann wurde die Kette zurückgeschoben, und die Tür öffnete sich ganz. Vor ihnen stand eine Frau in einem ausgewaschenen Frotteebademantel und mit Filzpantoffeln an den Füßen. Ihre Haare hingen ihr in langen, dünnen, grauen Strähnen ins Gesicht.
Die Frau sah aus wie fünfzig. Trotzdem wußte Marlies aus Erfahrung, daß sie allerhöchstens Anfang dreißig war. Vielleicht sogar jünger.
»Was ist mit der Evelyn? Ist sie in Schwierigkeiten?« fragte die Frau.
»Sie ist tot«, antwortete Helmut.
Die Frau sah von Helmut zu Marlies und wieder zurück.
»Hat sie einer ...?«
»Sie wurde ermordet«, sagte Marlies. »Vermutlich von demselben Täter, der auch die anderen Prostituierten auf dem Gewissen hat.«

Gerda schien kurz zu überlegen, dann trat sie einen Schritt zurück, um sie vorbeizulassen. »Kommen Sie meinetwegen rein«, sagte sie. »Aber machen Sie die Tür zu.«
Von ihren Fingern baumelte eine Zigarette. Die Asche fiel achtlos auf den Fußboden, während sie in ihr Wohnzimmer vorausging. Sie setzte sich auf ein altes Sofa mit einem gehäkelten Überzug.
»Setzen Sie sich irgendwohin. Schmeißen Sie die Illustrierten einfach auf den Boden. Das macht hier herinnen sowieso keinen Unterschied mehr.«
Marlies schob einen Stapel Zeitschriften beiseite und setzte sich auf den Rand eines abgewetzten Fauteuils. Helmut blieb in der Tür stehen.
Das Wohnzimmer war ein winziger Raum mit einem Sofa, einem niedrigen Beistelltischchen, zwei Fauteuils und einer vollgeräumten Kommode. Die Vorhänge waren halb zugezogen. Es roch süßlich-stickig. Offensichtlich war der Raum sei längerer Zeit nicht mehr gelüftet worden.
Gerda schlug die Beine übereinander und zündete sich eine neue Zigarette an. Das Streichholz schnippte sie in einen überquellenden Aschenbecher.
»Wie ist das mit der Evelyn passiert?« fragte sie. »In der Zeitung hat doch gestanden, daß sie den Typen schon haben. Worauf soll man sich da noch verlassen können? Aber wenn du dich in unserem Geschäft auf irgendwas verläßt, bist du sowieso verlassen, sage ich immer.«
»Wann haben Sie Evelyn das letzte Mal gesehen?« wollte Marlies wissen.
»Wann? Na, gestern erst. Wir haben bei der Stadthalle gestanden, weil da irgend so ein Musical war. Da ist immer einiges los.«
»Und gestern? Wie war's da?«

»Na ja, ging so. Vor acht hat sich halbwegs was getan, dann wurde es etwas ruhiger. Ich bin noch zu Evelyn rübergegangen und habe eine Weile mit ihr geredet, um mir die Zeit zu vertreiben.«
»Und was hat die Evelyn erzählt?«
»Nichts Besonderes. Was man halt so redet. Daß sie sich nicht wohl fühlt und früher heimgehen will, hat sie gesagt.«
»Und warum hat sie sich nicht wohl gefühlt?«
»Keine Ahnung. Habe ich sie nicht gefragt. Geht mich ja nichts an.«
»Und das war das letzte Mal, daß Sie sie gesehen haben?«
»Na ja, ich bin dann wieder zurück auf meinen Platz, als das Musical aus war. Ich habe dann nicht mehr auf sie geachtet. Ich habe nur mal kurz rübergeschaut und gesehen, daß ein Wagen bei ihr stehengeblieben ist. Aber ich weiß nicht, ob sie da eingestiegen ist. Wenn Sie's getan hat, muß es jemand gewesen sein, den sie gekannt hat.«
»Warum?«
»Weil die meisten von uns nicht mehr in ein Auto einsteigen, seit diese vielen Morde passiert sind. Die Evelyn auch nicht. Außer man kennt die Leute eben. Bei Stammkunden oder so.«
Und was soll das für ein Schutz sein? dachte Marlies. Laut sagte sie: »Können Sie den Wagen beschreiben?«
»Bin ich ein Kfz-Mechaniker? Er war dunkel, glaube ich. Aber ich habe wirklich nicht so drauf geachtet. Ich war beschäftigt.«
»Wer könnte sonst noch was gesehen haben?«
»Keine Ahnung. Vielleicht eine von den anderen Mädchen.«

»Wer?«
»Vielleicht die Daniela. Oder die Irmi. Aber ich weiß von denen keine Adressen.«
»Wer ist euer Zuhälter?« fragte Helmut unvermittelt.
Gerda richtete sich würdevoll auf. »So was haben wir nicht.«
Helmut schüttelte den Kopf. »Na, komm schon. Das ist ja hier nicht die Märchenstunde.«
»Also schön. Es gibt da jemanden, der sich um unsere finanziellen Angelegenheiten kümmert. Aber ein Zuhälter ist das nicht.«
»Natürlich nicht. Er ist dein Onkel.«
»Ich brauche auch nicht mit euch zu reden, wenn ich nicht will«, erklärte Gerda säuerlich.
»Ist ja schon gut. Es war nicht so gemeint«, sagte Marlies beschwichtigend. »Wie heißt der Mann?«
»Johnny. Gottfried Feuchtwanger.«
»Der schöne Johnny!« rief Helmut.
»War er auch Evelyns – hat er sich auch um Evelyns finanzielle Angelegenheiten gekümmert?«
»Ja. Sie hat sogar bei ihm in der Wohnung gewohnt. Die beiden waren verlobt.«
»Prinz Johnny und Lady Evelyn. Das wäre ja wohl die Hochzeit des Jahres geworden«, meinte Helmut spöttisch.
Gerda starrte ihn feindselig an. Um sie nicht wieder in Rage zu bringen, fragte Marlies rasch: »Wo wohnt dieser Feuchtwanger?«
»Margaretengürtel 17. Dritter Stock.«
Marlies klappte ihren Notizblock zu und stand auf. »Danke für die Auskünfte. Sie haben uns sehr geholfen.«
»Vielleicht erwischt ihr den Kerl jetzt mal!« rief Gerda

hinter ihnen her, als sie zur Tür gingen. »Aber was mit uns passiert, kümmert die Polizei ja nicht.«
Als sie die Treppe hinuntergingen, blieb Marlies plötzlich stehen und drehte sich um. »Ich sagte doch, *ich* rede!«
»Du hättest sie nie nach ihrem Zuhälter gefragt.«
»Ich *hätte* sie gefragt. Aber etwas taktvoller.«
»Taktvoller! Himmel, sind wir hier in einem Mädchenpensionat?«
»Hör auf, meine Arbeit zu sabotieren!« fauchte Marlies wütend.
Helmut starrte sie eisig an. »Ich sabotiere gar nichts. Ganz abgesehen davon, daß es hier nichts gibt, was sich zu sabotieren lohnen würde. Einstweilen sind wir über dekorative Stadtrundfahrten noch nicht hinausgekommen. Und das alles nur, weil du nicht zugeben willst, daß du dich geirrt haben könntest.«
Er verließ das Café, ohne sich nach ihr umzudrehen. Draußen auf der Straße wartete er, bis sie langsam nachkam.
Ich hasse ihn, dachte Marlies. Ich hasse ihn, weil er immer recht hat. Das habe ich immer schon an ihm gehaßt.
Er hatte immer die Fähigkeit besessen, seinen Finger genau auf ihre tiefste, schmerzhafteste Wunde zu legen. So als wäre sie aus Glas. Während Marlies es nie geschafft hatte, ihn wirklich ganz zu durchschauen.
Das war ein Teil der Faszination gewesen, die er auf sie ausgeübt hatte. Er war immer der große, dunkle Unbekannte geblieben. Aber jetzt fühlte sie sich plötzlich verwundbar.
Es war, als würde sie im Finsteren herumtappen, wäh-

rend Helmut sie mit einer Infrarotbrille beobachtete. Er wußte immer genau, wo sie stand.

Aber sie, das wußte sie jetzt, hatte sich seiner nie völlig sicher sein können.

»Was machen wir jetzt?« fragte Helmut, als sie auf der Straße standen.

»Wir fahren zurück ins Büro. Vielleicht hat der Erkennungsdienst schon etwas für uns. Und dann reden wir mit diesem Feuchtwanger.«

»Johnny«, verbesserte Helmut sie. »Den kenne ich. Wenn er nicht in seiner Wohnung ist, weiß ich, wo wir ihn finden können.«

Sie gingen zuerst etwas essen, in ihr Stammlokal am Schottenring. Die drei Männer aßen ein Gulasch, Marlies bestellte einen Toast mit gemischtem Salat.

Während des Essens wurde nicht viel geredet. Marlies konnte spüren, daß die drei sich in ihrer Gesellschaft nicht allzu wohl fühlten. Allein wäre die Unterhaltung vermutlich besser in Schwung gekommen. Aber daß sie wohl oder übel miteinander auskommen mußten, hatten sie Hofrat Wagreiter zu verdanken, nicht ihr.

Pirker erzählte von seinem Urlaub in Südspanien. Marlies wußte, daß er eine Freundin hatte, ein Baby war unterwegs. Er und das Mädchen wohnten irgendwo an der Peripherie von Wien, in Strebersdorf oder in Stadlau, im Haus seiner Eltern, bis sie genug Geld hatten, um selbst zu bauen oder sich eine eigene Wohnung leisten zu können.

Das war alles, was sie nach einem Jahr über ihren Partner herausgefunden hatte. Es war ihre eigene Schuld. Denn eigentlich interessierte es sie nicht besonders.

Fritz Plaschek war verheiratet und hatte zwei oder drei Kinder. Er hatte eine Gemeindewohnung im fünfzehn-

ten Bezirk. Seine Frau ging halbtags arbeiten, die Wochenenden verbrachte er in seinem Schrebergarten an der Alten Donau.
Plaschek erzählte nur widerwillig von sich selbst. Entweder, weil er sein Privatleben schützen wollte oder weil er sich dafür genierte. Marlies vermutete das letztere.
Im Büro rief sie als erstes bei der Wiener Stadthalle an. Eine gelangweilte Sekretärin erklärte ihr, daß die »Hair«-Aufführung, die zur Zeit in der Stadthalle lief, um zweiundzwanzig Uhr dreißig zu Ende war. Das hieß, daß Evelyn Rambausek ihrem Mörder nach halb elf begegnet war.
Dann ließ sie sich Walter Nemeth geben. Die Spurensicherung hatte wie immer nicht sehr viel gebracht.
»Wir haben auf der ganzen Baustelle nur gut zwanzig komplette Abdrücke sicherstellen können. Aber in so einem Chaos muß man froh sein, wenn man überhaupt etwas findet. Der Computer hat uns bis jetzt zwei Namen ausgespuckt. Ein Johann Höllriegel und ein Mirko Dubic. Beide wegen kleinerer Delikte vorbestraft. Ich glaube zwar nicht, daß die Spur besonders interessant ist, aber vielleicht kannst du ja doch etwas damit anfangen.«
»Dank dir schön, Walter«, sagte Marlies. Sie machte sich auf ihrem Block Notizen. »Du meldest dich, wenn noch etwas auftauchen sollte?«
»Du bist die erste, die es erfährt«, erwiderte Nemeth. »Den schriftlichen Bericht hast du morgen, spätestens übermorgen. Ach übrigens, du kannst deinem Mann sagen, wenn er noch einmal etwas anfaßt, bevor wir damit fertig sind, gibt er eine Runde aus.«
»Wieso? Was war denn?«
»Wir haben seine Fingerabdrücke gefunden, schön säuberlich auf dem Bauaufzug. Und so was will Profi sein.«

»Niemand ist vollkommen«, sagte Marlies leichthin. Aber als sie aufgelegt hatte, zischte sie bei sich: Und er sabotiert mich doch!
Im selben Augenblick wußte sie, wie kindisch dieser Gedanke war. Egal, was Helmut tat, sie durfte nicht zulassen, daß es ihre Arbeit beeinträchtigte. Denn die einzige, die dadurch Schaden nahm, war sie selbst.
Pirker kam vom Waschraum zurück. »Was machen wir jetzt?« fragte er, während er seine Jacke auszog und in den Schrank hängte. Seine Haltung ihr gegenüber war immer noch zwiespältig. Einerseits wollte er natürlich, daß »ihr« Team den Fall löste, andererseits tendierte er eindeutig eher zu Helmut und Plaschek.
Pirker war eine zu unkomplizierte Natur. Er kannte keine subtilen Gefühle. Bei Männern fühlte er sich wohl, und Polizeiarbeit war in seinen Augen reine Männersache; da war es kein Wunder, wenn er mit ihr nicht viel anfangen konnte.
»Wir haben vielleicht eine Spur«, sagte Marlies. »Der Erkennungsdienst hat auf der Baustelle die Fingerabdrücke von zwei Vorbestraften gefunden. Höllriegel und Dubic. Besorgen Sie sich die Adressen und finden Sie heraus, was die beiden auf der Baustelle zu suchen hatten. Ich bin inzwischen unterwegs.«
Sie schaute in das Büro von Helmut und Plaschek. Helmut hatte die Beine hochgelegt und rauchte eine Zigarette, Plaschek tippte auf seiner alten mechanischen Schreibmaschine seinen Bericht.
»Schauen wir uns den schönen Johnny an«, sagte Marlies zu ihrem Mann. Und an Plaschek gewandt: »Den Bericht über den Leichenfund möchte zuerst ich sehen, bevor du ihn weitergibst.«
Plaschek brummte etwas Unverständliches und wandte

sich wieder seiner Arbeit zu. Helmut steckte seine Beretta ein.

Es schien nur natürlich, daß Marlies und Helmut als die beiden ranghöchsten Beamten auch den Hauptteil der Ermittlungsarbeit erledigten. Und irgendwie kam Marlies – trotz Scheidung und allem – mit Helmut immer noch am besten von allen zurecht.

Außerdem war er ein sehr guter Polizist, egal, was bei dieser Mordserie schiefgelaufen war. Sie wußte, daß sie froh sein konnte, ihn an ihrer Seite zu haben.

Als sie zum Wagen gingen, überlegte sie einen Augenblick, ob sie ihn wegen der Fingerabdrücke auf dem Bauaufzug ansprechen sollte, entschied sich dann aber dagegen. Sie wußte nicht, wie sie es erwähnen sollte, ohne nörgelnd oder hysterisch oder beides zu klingen. Und im Grunde genommen war es auch gar nicht so wichtig.

In der Wohnung von Feuchtwanger meldete sich niemand, deshalb fuhren sie quer durch die Stadt zum Praterstern. Sie klapperten die Lokale rund um den Wurstelprater, dem Vergnügungspark im Wiener Pratergelände, ab, bis sie im *Eldorado* fündig wurden.

Feuchtwanger saß mit ein paar Männern an einem Tisch in der hintersten Ecke und spielte Karten.

»Gottfried Feuchtwanger?« sagte Marlies.

»Wer will das wissen?« fragte der Zuhälter, ohne sich umzudrehen.

Helmut legte seine Dienstmarke vor ihm auf den Tisch. »Wir.«

Feuchtwanger sah ihn gelangweilt an. »Ist das aber eine Freude«, sagte er.

Er war Mitte zwanzig, ein blonder, schmächtiger Bursche mit einem schmalen Gesicht und weichen, mädchenhaften Zügen. Aber Marlies hatte aus dem Zentralcomputer seine Akte abgerufen. Er war mit dreizehn das erste Mal straffällig geworden und hatte seither gut die Hälfte seines Lebens in Erziehungsheimen und Strafanstalten verbracht, wegen Zuhälterei, Erpressung und schwerer Körperverletzung. Er war nicht zu unterschätzen.

Die Männer, die mit ihm am Tisch saßen, standen auf und verdrückten sich leise. Marlies und Helmut setzten sich auf ihre Plätze.

»Wir ermitteln in dem Fall Evelyn Rambausek«, sagte Marlies. »Sie sollen sie gut gekannt haben.«

Feuchtwanger zündete sich eine Zigarette an. »Die Evelyn? Klar hab ich die gut gekannt. Ist ein echter Wahnsinn, was mit der passiert ist.«

»Ja, man merkt richtig, wie dir das Mitgefühl aus den Augen lacht«, spottete Helmut.

Feuchtwanger ignorierte ihn. »So wie ich das sehe, ist die Evelyn von demselben umgebracht worden, der auch schon die anderen Morde begangen hat. Das soll so ein junger Bursche gewesen sein, hat in der Zeitung gestanden. Aber jetzt, wo die Evelyn tot ist, kann es der ja wohl nicht getan haben. Oder ist der Polizei irgendein Fehler unterlaufen?«

»Vielleicht hat sich der Täter nur die Methode von diesem Baustellenmörder zunutze gemacht«, sagte Helmut. »Wie ich höre, wollte die Evelyn unbedingt von dir geheiratet werden.«

»Viele Mädchen möchten gerne von mir geheiratet werden. Das ist nichts Neues. Aber so leicht lasse ich mich nicht einfangen.«

»Hat die Evelyn irgendwann erzählt, daß sie sich fürchtet?« fragte Marlies. »Ist sie einmal von einem Kunden bedroht worden?«

»Von Kunden weiß ich gar nichts«, sagte Feuchtwanger.
»Ach, komm schon. Wir wollen nur einen Mord aufklären, was anderes interessiert uns nicht«, sagte Helmut. »Jeder weiß, daß du den Neubaugürtel und die Hütteldorfer Straße kontrollierst. Und du weißt ja, eine Hand wäscht die andere.«
»Ich kann euch wirklich nichts sagen. Soviel ich weiß, hat es keine Schwierigkeiten gegeben. Und Angst hat die Evelyn vor gar nichts gehabt.«
»Eine Freundin von ihr meinte, es müßte schon ein Stammkunde gewesen sein, wenn sie in seinen Wagen eingestiegen ist«, erklärte Marlies. »Gibt es da eine Liste?«
Feuchtwanger lachte. »Sonst noch was? Ich bin ja kein Buchhalter.«
»Aber du kannst uns doch sicher eine Liste machen«, sagte Helmut scharf. »Wenn du weißt, was gut für dich ist.«
»Aber natürlich. Alles, was Sie sagen, Herr Kommissar. Möchten Sie die Liste heute noch haben, oder soll es schon gestern gewesen sein?«
Helmut sprang in einer plötzlichen Bewegung aus seinem Sessel auf, packte Feuchtwanger am Kragen seiner Jacke und drückte ihn gegen die nächste Wand. »So, und jetzt reden wir einmal Klartext miteinander. Keine Scherze mehr. Was hat die Evelyn am Sonntag den ganzen Tag über gemacht? Mit dem Zähneputzen angefangen.«
Feuchtwanger starrte ihn feindselig an. Seine Lippen waren fest zusammengepreßt, und seine Hände zuckten an seiner Seite, aber er beherrschte sich. Ein Profi wie er wußte, wie weit er bei der Polizei gehen durfte.
Aber auch Helmut war sehr weit gegangen. Daß er sich

einen Feind gemacht hatte, schien ihm nichts auszumachen, im Gegenteil. Ein fanatisches Glitzern war in seinen Augen, als er Feuchtwanger wieder auf seinen Sessel setzte.
Marlies starrte auf ihre Notizen. Sie fühlte sich mitschuldig an der Szene und bemühte sich deshalb, sie zu ignorieren.
»Also?« sagte Helmut.
Feuchtwanger war sehr blaß geworden. Ein weißer Fleck brannte auf seiner Wange. »Wir sind am Sonntag erst gegen Mittag aufgestanden. Nach dem Essen haben wir uns die Tennisübertragung im Fernsehen angeschaut. Es hat ja den ganzen Tag über immer wieder geregnet, was sollten wir da groß anfangen? Außerdem hat sich die Evelyn nicht so besonders wohl gefühlt.«
»Warum nicht?« fragte Marlies.
»Was weiß ich, warum nicht? Ich bin kein Doktor.«
»Aber abends ist sie wieder zur Arbeit gegangen?«
»Natürlich. In der Stadthalle war ein Konzert, da wäre sie ja verrückt gewesen, wenn sie das ausgelassen hätte.«
Marlies enthielt sich einer Äußerung über sein Feingefühl.
»Was hast du am Sonntag abend gemacht?« fragte Helmut.
»Ich war hier im Lokal. Hab mit ein paar Freunden Karten gespielt. Ihr braucht nur den Pepi zu fragen. Der kann es euch bestätigen.«
Pepi polierte hinter der Theke die Gläser. Als sie ihn ansahen, nickte er vage in ihre Richtung, dann wandte er sich wieder seiner Arbeit zu.
»Und wann sind Sie hier weg?« fragte Marlies.

»So gegen zehn – glaube ich. Aber ich weiß es nicht mehr so genau.«
»Und was haben Sie danach gemacht?«
»Ich war zu Hause. Hab ferngesehen.«
»Kann das jemand bezeugen?«
»Nein, aber – ihr glaubt doch nicht, daß *ich* die Evelyn umgebracht habe? Warum sollte ich denn so was tun? Das ist doch verrückt.«
»Hat die Evelyn gewußt, daß du sie gar nicht heiraten wolltest?« fragte Helmut.
»Natürlich hat sie das gewußt – ich meine, nicht so genau. Aber ich hab ihr nie wirklich was versprochen.«
»Und gehalten hast du ja wohl auch nicht viel«, ergänzte Helmut.
»Und jetzt ist die Evelyn tot«, fügte Marlies hinzu.
Feuchtwangers Gesicht wurde hart. »Mir könnt ihr das nicht anhängen. Wenn ihr die Sache verpatzt habt, müßt ihr das schon selbst ausbaden. Ich habe nichts damit zu tun, versteht ihr. Gar nichts.«
»Das wird sich herausstellen«, sagte Helmut. Er stand auf und ließ seine Dienstvisitenkarte vor dem Zuhälter auf den Tisch flattern. »Ich an deiner Stelle würde mir jedenfalls noch einmal gut überlegen, was ich am Sonntag abend nach zehn gemacht habe. Wir sehen uns wieder. Und vergiß die Liste nicht.«
Sie ließen Feuchtwanger allein an seinem Tisch sitzen und verließen das Lokal.
»Eine Seele von einem Menschen«, sagte Marlies, als sie zum Wagen gingen.
Helmut zuckte die Achseln. »Nur so bringst du es zu was.«

8

Als Marlies und Helmut zurück ins Sicherheitsbüro fuhren, waren schon die ersten Abendausgaben der Tageszeitungen heraus. Auch vor dem Polizeigebäude an der Rossauer Lände standen zwei Zeitungsverkäufer in Turban und gelber Signaljacke.
Marlies hatte es vorgezogen, keine Zeitungen zu lesen, aber sie wußte, daß man sie darauf ansprechen würde, also mußte sie auch wissen, was drinnen stand.
Alle Blätter brachten den Mord an Evelyn Rambausek als Schlagzeile auf der ersten Seite. »Wieder Mord an Wiener Prostituierten«. »Baustellenmörder schlägt wieder zu«. »Tatverdächtiger stirbt in Haft«. »Stirbt in Haft«, das klang wie ein Vorwurf, und genauso sollten die Leser es natürlich verstehen.
Eine der Zeitungen titelte marktschreierisch: »Ist dieser Mann ein Opfer der Justiz?« Darunter brachten sie ein Foto von Christian Horvath, das sie vermutlich seiner Familie für sehr viel Geld abgekauft hatten. Es zeigte Christian bei irgendeinem Badeurlaub am Strand, wie er einen Mischlingshund streichelte.
Schlimmer konnte es wohl nicht mehr kommen.
»Da hat ein Dr. Brenner für Sie angerufen«, sagte Pirker, als sie ins Büro kam. »Er wollte Sie sprechen. Er sagt, er sei der Anwalt der Familie Horvath. Er bittet Sie, ihn zurückzurufen. Und zwei oder drei Journalisten haben auch nach Ihnen gefragt.«
»Was ist mit diesen zwei Männern? Höllriegel und

Dubic?« fragte Marlies. Mit der Presse würde sie sich befassen, wenn es soweit war. Wenn sie ihnen nicht mehr entkommen konnte. Jetzt mußte sie sich auf ihre Arbeit konzentrieren.

»Ich habe bei der Baufirma nachgefragt. Die beiden hatten beruflich da zu tun. Höllriegel ist Fahrer bei einem Ziegelwerk, das die Baustelle beliefert. Und Dubic war bei einer Putzkolonne dabei, die in der vergangenen Woche dort gearbeitet hat. Er ist heute allerdings nicht zur Arbeit erschienen. Ich habe versucht, ihn in seiner Wohnung zu erreichen, aber da meldet sich auch niemand. Soll ich eine Streife hinschicken?«

Marlies überlegte einen Augenblick. Sie bemühte sich dabei, die Schlagzeilen zu ignorieren, die ihr vom Schreibtisch ins Gesicht schrien. Schließlich schüttelte sie den Kopf.

»Ich glaube nicht, daß das heute noch was bringt. Vielleicht hat Dubic ja nur einen Tag blaugemacht. Dann erwischen wir ihn morgen.«

Sie setzte sich hin, um ihren Bericht zu schreiben. Anschließend informierte sie ihren Chef über den Stand der Ermittlungen.

Wagreiter hörte sie ungnädig an. »Das ist nicht viel, was wir bisher wissen.«

»Nein, ist es nicht«, bestätigte Marlies.

»Sie haben schon die Zeitungen gelesen?«

»Nur die Überschriften.«

»Die reichen ja wohl«, sagte Wagreiter säuerlich. »Mein Telefon ist den ganzen Tag nicht stillgestanden. Gerade eben hat mich einer von den Grünen angerufen. Sie wollen wegen dieses Horvath eine parlamentarische Anfrage machen. Sie können sich vielleicht vorstellen, was ich vom Ministerium und vom Polizeipräsidenten schon alles zu hören bekommen habe. Also finden Sie den Mörder, und zwar schnell. Das ist unsere einzige Chance, einigermaßen heil da herauszukommen.«

»Ja, Herr Hofrat«, sagte Marlies.

Wagreiter brummte nur und wedelte sie hinaus.

Als Marlies ins Büro zurückkam, war Pirker schon weg. Sie hatte ihm noch einiges sagen wollen, aber das mußte eben bis morgen warten.

Sie stemmte die Hände in die Hüften und drückte ihr Kreuz durch. Sie versäumte schon zum zweiten Mal ihr Zirkeltraining, und das spürte sie. Aber sie war im Augenblick zu müde, um sich zu irgendeiner Aktivität aufzuraffen.

Sie fühlte körperlich, daß die Untersuchung nicht so lief, wie sie sollte. Alles war irgendwie verworren. Ungeordnet. Wie ein wirres Knäuel von Fäden.

Aber sie konnte einfach keinen Anfang finden. Nichts, woran sie sich halten konnte, was ihr erlaubt hätte, Schritt für Schritt vorzugehen.

Statt dessen schien sie sich immer stärker zu verheddern, je tiefer sie in das Rätsel eindrang, je mehr Informationen sie zusammentrug.

Ich muß den Anfang des Fadens finden, dachte Marlies. Ich darf nicht zulassen, daß der Fall mit mir durchgeht. Ich …

Helmut steckte den Kopf zur Tür herein. »Bist du noch länger hier?«

»Ich wollte gerade gehen.«

»Kann ich mitkommen? Wegen meiner Sachen, meine ich.«

»Natürlich. Wenn du willst.« Marlies griff nach ihrer

Handtasche und nach den Zeitungen, die sie gekauft hatte und die sie heute abend lesen mußte. Wohl oder übel.
Als sie aus dem Sicherheitsbüro auf die Straße traten, stand ein junges Mädchen in kurzem Rock und mit hüftlangen, dunklen Haaren neben Helmuts grünem Ford Sierra.
Sie lief auf Helmut zu, schlang ihre Arme um seinen Hals und küßte ihn leidenschaftlich.
Marlies konnte es nicht über sich bringen, *nicht* hinzusehen. Das Mädchen war vielleicht siebzehn oder achtzehn Jahre alt, attraktive Lolita mit langen Beinen und schlanker Figur. Sie strahlte Helmut glücklich an.
Er hat sich schnell getröstet, dachte Marlies bitter. Und wußte nicht, warum sie das dachte. Auf ihrer Wange brannte wieder der Schlag seiner Ohrfeige.
Marlies sperrte ihren Wagen auf, setzte sich hinter das Lenkrad und knallte die Tür zu.
Lolita blieb im Auto sitzen, als Helmut mit ihr in die Wohnung ging.
»Will deine Freundin nicht mitkommen?« fragte Marlies. Und schämte sich im selben Augenblick für die Bemerkung. Aber Helmut sagte nur: »Das ist nicht nötig. Ich werde mich ja nicht lange aufhalten.«
Die Rollen schienen plötzlich vertauscht. Helmut wirkte ruhig und gelassen, hatte sein neues Leben offenbar voll und ganz im Griff, während Marlies sich unerklärlicherweise wie die verlassene Ehefrau fühlte.
Während Helmut seine Sachen aus dem Bad holte, läutete das Telefon.
»Das sind bestimmt Journalisten«, sagte Helmut. »Soll ich hingehen?«

»Nein, ich mache das schon.«
Marlies hob ab. Eine gekünstelt fröhlich klingende Frauenstimme sagte: »Darf ich Ihnen etwas über günstige Eigenheimfinanzierungsmöglichkeiten erzählen?«
»Nein«, sagte Marlies und legte auf.
Helmut kam mit einem Koffer und einer grauen Segeltuchtasche aus dem Schlafzimmer. »Ich glaube, ich habe alles. Was mir sonst noch gehört, kannst du behalten.«
»Ich nehme an, das wird das Gericht klären«, sagte Marlies.
Helmut zuckte die Achseln. »Ich lege wirklich keinen Wert darauf. Das meiste hat sowieso dein Vater bezahlt. Vielleicht sollte *er* die Scheidung einreichen.«
Marlies antwortete nicht darauf. Sie wußte, daß es nicht fair war, ihrem Vater die Schuld zu geben. Ihr Vater war ein Kapitel für sich.
»Wo wohnst du jetzt?« fragte sie.
»Ein Freund von mir hat eine Stadtwohnung in der Argentinierstraße, die er fast nicht benützt. Er läßt mich vorübergehend dort wohnen, bis ich etwas gefunden habe. Ich schreibe dir die Nummer auf.«
Das Telefon läutete zum zweiten Mal. Diesmal war es die Presse. »Magister Marlies Mittermann? Mein Name ist Preschl. Ich schreibe für die ...«
»Kein Kommentar«, unterbrach Marlies ihn. Sie legte auf.
»Ich fürchte, die werden dich nicht in Ruhe lassen«, meinte Helmut. »Du solltest das Telefon abstellen. Hier sind die Schlüssel: Wohnung, Haustor – ach ja, und das Bankschließfach. Ich brauche sie ja nicht mehr.«
Er legte die Schlüssel auf das Tischchen neben der Tür.

Bevor er ging, sagte er: »Ich würde vorschlagen, wir fahren morgen als erstes zur Gerichtsmedizin. Vielleicht können sie uns schon was erzählen, was uns weiterhilft. Wir treffen uns um acht vor dem Sicherheitsbüro.«
»Einverstanden«, sagte Marlies.
Als sie die Tür hinter Helmut zugemacht hatte, läutete wieder das Telefon. Sie zögerte einen Augenblick, dann hob sie doch ab.
»Ich versuche seit einer geschlagenen Stunde, dich zu erreichen. Warum stellst du nicht wenigstens den Anrufbeantworter an?« fragte ihr Vater.
Sie wollte sagen: Weil ich gar keinen Wert darauf lege zu wissen, wer angerufen hat. Laut sagte sie: »Ich hab's vergessen, tut mir leid. Wie geht es dir?«
»Ich habe das über dich in der Zeitung gelesen. Natürlich habe ich sofort mit dem Minister gesprochen. Du brauchst dir keine Sorgen zu machen.«
»Ich mache mir keine Sorgen«, sagte Marlies.
»Warum hast du mich nicht angerufen? Ich hätte etwas unternehmen können. Dann wäre ...«
»Was? Was wolltest du denn unternehmen? Christian Horvath von den Toten erwecken? Aber das sagte sie nicht. »Du hast deine Arbeit, und ich habe meine Arbeit. Also bitte, misch dich nicht dauernd ein.«
»Ich mische mich nicht ein«, sagte ihr Vater ungerührt. »Ich versuche, dein Leben in einigermaßen vernünftige Bahnen zu lenken. Aber darin war ich bei dir ja noch nie besonders erfolgreich.«
Marlies strich sich mit der Hand über die Augen. Sie war müde, und sie war frustriert, und sie war nicht wenig gereizt. »Ich – glaube wirklich nicht, daß das der richtige Zeitpunkt ist, um über mein Leben zu

diskutieren. Ich muß – ich habe heute noch einiges zu erledigen, und – wir sehen uns ja am Mittwoch. Dann können wir uns in Ruhe über alles unterhalten.«

Sie drückte den Hörer auf die Gabel, bevor er etwas darauf erwidern konnte.

Ihr Vater.

Ein Kapitel für sich.

Sie ging in die Küche, schlug ein paar Eier auf und machte sich ein Omelett. Eines der wenigen Gerichte, die sie kochen konnte. Hausfrauenarbeit war nicht ihre starke Seite.

Sie strich Erdbeermarmelade auf das Omelett und setzte sich damit vor den Fernseher. Glücklicherweise waren die Nachrichten schon vorbei. Die Zeitungen starrten sie anklagend an, aber sie ignorierte sie und schaltete auf die Sportsendung im Ersten.

Durch die offene Schlafzimmertüre konnte sie Helmuts leere Schrankhälfte sehen. Sie gab dem Raum das Aussehen einer gähnenden Höhle. Aufgegeben und verlassen.

Vor ihr wurden die Szenen einer unmöglichen Ehe lebendig: Helmut, der mit wirrem Haar, die Hände auf das Waschbecken gestützt, im Badezimmer stand und minutenlang auf sein Spiegelbild starrte, zu müde und frustriert, um irgend etwas zu tun. Helmut vor dem Fernseher, angespannt und leer wie ein betäubter Tiger.

Sie wollte ihn immer beschützen; sie wollte ihn glücklich machen, und nun waren sie beide unglücklich.

Es ist meine Schuld, dachte Marlies resigniert. Ich habe es nicht fertiggebracht, zu allem, was er sagte und tat, ja und amen zu sagen. Das war der Grund.

Aber es war nur ein Grund von vielen, so wie die Streitereien und das Trinken nur die Folge von etwas waren; von dem Namenlosen, das ihre Ehe langsam, Jahr für Jahr, auffraß.

Natürlich gab es auch glückliche Augenblicke: ihre Hochzeitsreise auf die Seychellen; Helmut, der naß und lachend aus dem Indischen Ozean stieg; atemlose Nächte in einem stickigen Hotelzimmer.

Wenn sie die Augen schloß, konnte sie immer noch das Geräusch der Wellen hören, die in der Dunkelheit an den Strand schlugen.

Ich glaube, es war das Gefühl, etwas Gewagtes zu tun, das uns zueinander hingezogen hat, dachte Marlies. Er war der Junge aus der Gosse und ich die Prinzessin, der man verboten hatte, mit ihm zu spielen.

Dieses Gefühl hat uns beflügelt.

Aber dann, als mit den Jahren alles in unserem Leben gewohnheitsmäßig und schal und alltäglich wurde, merkten wir plötzlich, daß wir nicht mehr viel gemeinsam hatten.

Trotzdem ...

Es hätte gutgehen können.

Wenn nur ...

... Sie wußte auch nicht, was.

Aber es ist nicht gutgegangen, dachte Marlies.

Das war alles.

Sie verließ gegen zehn Uhr die Wohnung, setzte sich in ihren Wagen und fuhr zur Stadthalle. Sie suchte nach den beiden Mädchen, die Gerda ihr genannt hatte, Irmi und Daniela, fand sie jedoch nicht.

Eins der anderen Mädchen, eine gewisse Hermi Löffler, bestätigte aber Gerdas Aussage, daß Evelyn in einen dunklen Pkw gestiegen war. Sie hatte allerdings

weder auf den Typ noch auf das Kennzeichen geachtet.
Weiter erfuhr Marlies nichts Neues. Es mußte ziemlich genau zehn Uhr dreißig gewesen sein, als der Wagen bei Evelyn hielt, danach hatte niemand sie mehr gesehen.
Man konnte also mit ziemlicher Sicherheit davon ausgehen, daß in dem Wagen ihr Mörder gesessen hat- te.

Marlies schlenderte langsam die Hütteldorfer Straße entlang. Obwohl der Abend schon herbstlich kühl war, herrschten bei den Damen des Gewerbes Hot-Pants und Netzstrümpfe, Korsagen und enge Pullover vor. Die Frauen starrten aus schwarz umrandeten Augen trübsinnig vor sich hin. Es nieselte, und auf der Straße war nicht viel los. Die meisten Passanten hasteten mit aufgestelltem Kragen eilig vorbei.
Als Marlies am Zebrastreifen stehenblieb, um zu ihrem Wagen zu gelangen, schob sich ein kleiner Mann an sie heran.
»Wieviel?« fragte er.
Marlies starrte ihn einen Augenblick verblüfft an, dann begriff sie erst, was er wollte.
»Zehntausend«, sagte sie.
Der Mann starrte genauso verblüfft zurück und brummte: »Die hat ja einen Stich.«
Marlies wußte nicht, ob sie ärgerlich oder amüsiert sein sollte.
Es war ein hartes, mitleidloses Gewerbe, dem die Frauen auf der Straße nachgingen. Doch auch die Liebe hatte ihre Tücken. Sie war mit ebenso vielen Schmerzen, Enttäuschungen und Frustrationen verbunden, wie das Geschäft mit ihr.

Keiner konnte mit Sicherheit sagen, wer letztlich der Glücklichere war.
Erst als sie schon bei ihrem Wagen stand, fiel Marlies etwas anderes ein: Jeder der Männer, dem sie an diesem Abend begegnet war, konnte ihr Mörder sein.
Sie drehte sich rasch um, doch der kleine Mann war bereits von der Straßenkreuzung verschwunden.

9

Das gerichtsmedizinische Institut befand sich in der Sensengasse Nummer zwei im neunten Wiener Gemeindebezirk.
Als Marlies und Helmut in den Obduktionssaal kamen, machte der zuständige Pathologe gerade seine Frühstückspause. Er saß auf einem hohen Drehstuhl neben Evelyn Rambauseks Leiche und aß ein Käsebrot. Ein Geruch von Formalin und Emmentaler lag in der Luft.
»Sie bekommen Ihren Bericht, sobald ich damit fertig bin«, sagte der Pathologe ärgerlich, als die beiden Polizisten ihre Dienstmarken zeigten.
»Geben Sie uns jetzt schon einen Tip«, sagte Helmut. »Bevor die Spannung uns tötet.«
Der Mediziner seufzte. Er wollte gerade zu einer ausführlichen Darstellung anheben, als Helmut eine Hand hob. »So, daß wir es verstehen können, bitte.«
Der Mann seufzte wieder. »Also dann die Kurzfassung für Laien, bitte sehr. Der Täter hat der Frau die Kehle durchgeschnitten, wie man volkstümlich sagt. Dabei wurde die Arteria Carotis durchtrennt. Es kam zu einem erheblichen Blutaustritt, den sie nicht überlebt hat. Außerdem wurde sie im Bereich der äußeren Geschlechtsteile schwer mißhandelt. Sie weist an der Vagina tiefe Stich- und Schnittwunden auf. Sämtliche Verletzungen wurden ihr mit einem langen, eher breiten, scharfen Gegenstand zugefügt. Eine Art Fleischermesser, wenn Sie einen Tip haben wollen.«

»Was ist mit ihren Handgelenken?« fragte Marlies.
»Was soll damit sein?«
»Die anderen Opfer hatten Quetschungen und Schürfspuren an den Handgelenken. Vermutlich wurden sie gefesselt.«
»Davon habe ich nichts bemerkt.« Der Pathologe hob Evelyns weißen Unterarm hoch und drehte ihn nach allen Seiten. »Da sind keine Hämatome erkennbar. Aber wenn Sie wollen, untersuche ich die Leiche an dieser Stelle noch einmal genauer.«
»Tun Sie das bitte«, sagte Marlies. »Es könnte sehr wichtig sein. Sonst noch etwas?«
»Ich weiß nicht, ob Sie das interessiert. Aber die Frau hatte eine Abtreibung. Keine achtundvierzig Stunden, bevor sie getötet wurde.«
»Eine Abtreibung?« Marlies starrte blicklos auf Evelyn Rambauseks Leiche unter der grünen Plane. In ihrem Kopf setzten sich die Teile des Puzzles zu einem ganz neuen, düsteren Bild zusammen. Das also war der Grund für Evelyns *Unwohlsein.* Sie sah den Mediziner scharf an. »Diese Abtreibung. Könnte sie daran gestorben sein?«
»Ach, wissen Sie, ich glaube, die Durchtrennung der Arteria Carotis hat für diesen Zweck völlig gereicht«, meinte der Pathologe mit einem Anflug von schwarzem Humor. »Das ist eigentlich eine ziemlich sichere Todesursache.«
»Was ich meine, ist …«, sagte Marlies sehr geduldig, »wenn bei dieser Abtreibung gepfuscht wurde – wenn irgend etwas schiefgegangen ist – vielleicht wurde der Mord nur *inszeniert,* um die Abtreibung zu vertuschen und ihren Tod jemand anderem in die Schuhe zu schieben.«

Der Pathologe machte ein skeptisches Gesicht. »So etwas kann man natürlich nicht völlig ausschließen – und so wie sie zugerichtet ist, läßt sich der Verlauf der Abtreibung nicht mehr eindeutig rekonstruieren, aber – ich weiß nicht, das kommt mir doch etwas weit hergeholt vor.«

»Und mir auch«, sagte Helmut, der bis dahin geschwiegen hatte. »Ich finde, wir sollten uns nur auf das stützen, was wir mit Sicherheit wissen. Und das deckt sich hundertprozentig mit den vier anderen Morden. Oder denkst du, die hatten auch alle eine Abtreibung?«

»Natürlich nicht. Aber ...«

»Also, wenn das alles ist, mache ich mich wieder an meine Arbeit«, sagte der Gerichtsmediziner. »Wissen Sie, ich habe auch noch etwas anderes zu tun.«

»Wie konntest du mir so in den Rücken fallen?« fauchte Marlies, als sie zu ihrem Wagen zurückgingen. »Der Mann muß denken, wir sind ein Haufen Idioten, die keine Ahnung haben, was sie eigentlich tun.«

»Und du solltest es besser wissen, als Theorien herumzuposaunen, die du nicht beweisen kannst«, erwiderte Helmut sehr ruhig. »Es gibt keinen Anhaltspunkt dafür, daß der Mord an Evelyn Rambausek von einem anderen Täter begangen wurde als die vier Morde davor.«

»Aber du hast Feuchtwanger gegenüber selbst gesagt ...«

»Das habe ich gesagt, um ihn aus der Reserve zu locken. Nicht, weil ich daran glaube.«

»Und Evelyns Handgelenke?«

»Was soll mit ihren Handgelenken sein?« fragte Helmut.

»Die anderen Leichen hatten Schrammen an den Handgelenken. Evelyn nicht. Das könnte bedeuten, daß sie *erst* getötet und *dann* mißhandelt wurde. Um ihren Tod so aussehen zu lassen, als würde er in das Schema des Baustellenmörders passen.«

»*Könnte*«, betonte Helmut. »Es gibt keinen Beweis dafür. Weißt du, du solltest nicht versuchen, Feuchtwanger einen Mord anzuhängen, nur weil du ihn nicht leiden kannst.«

»Das hat nichts mit leiden können zu tun. Das ...«

»Ich kenne Johnny«, unterbrach Helmut sie. »Er ist ein Gauner, dem ich alles mögliche zutraue. Aber keinen Mord.«

»Es gibt für alles ein erstes Mal.«

Helmut schüttelte den Kopf. Aber er antwortete nur: »Was immer du sagst.«

Marlies blieb stehen. »Helmut, bitte. Können wir nicht wenigstens während der Arbeit unsere persönlichen Differenzen beiseiteschieben? Ich will – ich *muß* den Kerl erwischen, der Evelyn Rambausek auf dem Gewissen hat. Und die anderen Frauen vielleicht auch. Denn wenn ich mich in Christian Horvath wirklich getäuscht habe ...«

Sie versuchte, so ehrlich wie möglich zu sein. Zu ihm ebenso wie zu sich selbst. »... dann ist es das mindeste – das einzige, was ich tun kann, um meinen Fehler wiedergutzumachen.«

Sie sah ihren Mann hilfesuchend an. Aber er erwiderte ihren Blick mit kühler Gelassenheit. Für Hilfe war es vermutlich schon zu spät.

»Fahren wir ins Büro«, sagte er.

Auf ihrem Schreibtisch lag Evelyn Rambauseks Akte, vom Sittenreferat heraufgeschickt. Daneben lag ein Stapel Tageszeitungen. Die Presse erging sich in den abenteuerlichsten Spekulationen, wie es zu Christian Horvaths – angeblichem – Schuldgeständnis gekommen war: Von Polizeiübergriffen bis zu einem Anfall von geistiger Verwirrung wurde nichts ausgelassen. »Mein Sohn ist kein Mörder«, beteuerte seine Mutter unter Tränen auf der Titelseite eines Wochenblattes.

Marlies schob die Zeitungen beiseite.

»Dubic ist noch immer nicht zur Arbeit erschienen«, sagte Pirker. Sollen Fritz und ich mal zu seiner Wohnung fahren?«

»Ja, machen Sie das. Und fragen Sie im zuständigen Bezirkskommissariat nach. Vielleicht wissen die etwas, was wir nicht wissen.«

Sie schlug Evelyns Akte auf. Es stand nicht viel mehr darin, als sie schon wußten. Evelyn war zweimal wegen Prostitution verhaftet worden, aber es hatte beide Male nicht für eine Anklage gereicht. Das Polizeifoto zeigte ein hübsches Mädchen mit langen, blonden Haaren und vollen Lippen ...

Vielleicht, dachte Marlies, hätte ich sie retten können, wenn ich nicht so darauf versessen gewesen wäre, Christian Horvath festzunageln.

... Und jetzt waren beide tot.

Bevor die eiserne Faust, die sie in letzter Zeit immer öfter in ihrem Magen spürte, sich erneut zusammenballen konnte, zog sie energisch einen Stapel Ordner zu sich heran.

Es war die gesamte Akte Christian Horvath. Oder das, was sie bisher für die Akte Christian Horvath gehalten hatte. Die Ermittlungen in den Mordfällen Morawetz, Köck, Princic und Stoisits.

Sie mußte noch einmal ganz von vorne anfangen. Schritt für Schritt. Sie mußte mit Logik und Umsicht vorgehen, so, wie sie es gelernt hatte, um das fehlende Puzzlestück zu finden.

Sie schlug den ersten Ordner auf.
Gegen Mittag kamen Pirker und Plaschek zurück. Wie erwartet, war Dubic nicht in seiner Wohnung gewesen. Auch im Bezirkskommissariat Leopoldstadt wußte man nichts über ihn. Aber Nachbarn sagten aus, daß sie ihn zuletzt am Freitag der vergangenen Woche gesehen hatten. Seitdem war er verschwunden.
Marlies gab eine Fahndung nach ihm aus.
Nach dem Mittagessen rief sie die Mordgruppe zu einer Lagebesprechung zusammen. Das Aktenstudium hatte ihr nicht wirklich neue Anhaltspunkte geliefert. Aber sie hatte sich zumindest so etwas wie einen Plan zurechtgelegt.
Er umfaßte drei Punkte:
Überprüfung der beiden Männer, Höllriegel und Dubic, deren Fingerabdrücke auf der Baustelle in der Sonnwendgasse sichergestellt worden waren.
Überprüfung des Architekturbüros Pecher und Wegart, die für alle fünf Baustellen verantwortlich waren, auf denen Leichen gefunden wurden.
Überprüfung von Gottfried Feuchtwanger, der immer noch die Nummer eins auf Marlies' Verdächtigen-Liste war.
Sie hatte beim Zentralcomputer der Zulassungsstelle nachgefragt, ob Feuchtwanger einen Wagen besaß und welchen, aber das Ergebnis war negativ.
Er hatte nicht einmal einen Führerschein.
Was nicht heißen mußte, daß er nicht doch der Mann in dem dunklen Wagen gewesen sein konnte, der Evelyn mitgenommen hatte.
Es war nur schwerer zu beweisen.
Sie schickte Pirker und Plaschek los, Höllriegel zu befragen und herauszufinden, ob er und Dubic auch

auf einer der vier anderen Baustellen zu tun gehabt hatten.

Dann rief sie bei Pecher und Wegart an, wo sie erfuhr, daß Ingenieur Zupatka für den Umbau beim Südbahnhof verantwortlich war. Er hielt sich zur Zeit gerade auf der Baustelle auf.

Sie und Helmut fuhren nach Favoriten.

Über Funk riefen sie Zupatkas Daten vom Zentralcomputer ab, aber außer drei Strafzetteln wegen Falschparkens lag nichts gegen ihn vor.

Ingenieur Zupatka war ein großer, unathletisch wirkender Mann mit einem runden Kindergesicht und einem schütteren Haarkranz unter einer beginnenden Glatze, der alle ihre Fragen mit einem »Mal nachdenken. Nein, tut mir leid. Daran kann ich mich wirklich nicht mehr genau erinnern« beantwortete.

Marlies wünschte, er wäre ihr verdächtig vorgekommen.

Aber er tat es nicht.

Der Schlüssel für den Bauaufzug war wie üblich hinterlegt worden. In einer kleinen Nische gleich neben dem Gebäudeeingang.

Jeder, der sich einigermaßen Mühe gab, konnte ihn ohne weiteres finden.

Was der Theorie, daß nur ein Baustellenkundiger als Täter in Frage kam, zum Teil ihre Grundlage nahm.

Aber in diesem Fall konnte so gut wie *jeder* für die Morde verantwortlich sein. Dann gab es überhaupt keinen Anhaltspunkt mehr.

Und an eine solche Möglichkeit wollte Marlies im Augenblick nicht einmal denken.

Als sie zurück ins Büro kamen, lag Nemeths Bericht auf ihrem Schreibtisch. Es stand nichts Neues darin.

Der Sack, in dem die Leiche gelegen hatte, war ein ganz gewöhnlicher Müllsack.
Daß sich auch im Sack wenig Blut fand, ließ darauf schließen, daß die Leiche zu dem Zeitpunkt, als sie auf die Baustelle geschafft wurde, schon eine Weile tot war. Im Gebäude selbst konnten keine Blutspuren sichergestellt werden.
Die Suche nach Reifenspuren auf einer Baustelle, mitten in der Stadt, war praktisch unmöglich.
Marlies schlug seufzend die Akte zu und setzte sich an den Computer. Sie überprüfte die Akten der fünf Opfer auf etwaige Gemeinsamkeiten. Aber abgesehen davon, daß Evelyn Rambauseks Name im Ermittlungsbericht des Falles Stoisits stand, verlief auch diese Spur im Sand.
Sie schenkte sich gerade eine Tasse Kaffee ein, als Hofrat Wagreiter ins Büro kam.
»Wie weit sind wir?« fragte er. »Wo ist Ihr Mann?«
»Ich – weiß nicht«, antwortete Marlies irritiert. Helmut entwickelte ein immer penetranteres Talent dafür, sie im entscheidenden Moment hängenzulassen. »Wir überprüfen gerade ein paar Spuren, die vielleicht erfolgversprechend sind.«
»Ich hoffe, sie sind es. Ich hoffe, sie sind es«, sagte Wagreiter. »Dieser Anwalt hat schon wieder angerufen. Er will Amnesty International einschalten. Lassen Sie sich auf keinen Fall zu irgendeiner Äußerung hinreißen. Der Minister wird in den nächsten Tagen eine Sonderkommission einsetzen, die den Fall untersucht. Natürlich wird das Ergebnis positiv ausfallen. Dann haben wir diese Sache hoffentlich vom Hals. Das heißt aber nicht, daß wir keinen Mörder brauchen. Also halten Sie sich ran.«

»Ja, Herr Hofrat«, sagte Marlies, als Wagreiter schon wieder draußen war.
In ihrem Kopf hämmerte es. Sie stand auf, um in den Waschraum zu gehen und ein Aspirin zu nehmen.
Im Gang stieß sie mit Helmut zusammen, der gerade aus seinem Büro kam.
»Wo bist du gewesen?« fragte Marlies ärgerlicher, als es ihre Absicht war.
Helmut lächelte ungerührt. »Ich habe im Justizministerium angerufen. Ich habe sie gebeten, uns die Akten aller Sexualattentäter zu schicken, die in den letzten zwei, drei Jahren mit bedingten Strafen verurteilt oder aus dem Gefängnis entlassen wurden. Ich nehme an, es sind ein paar Dutzend. Aber vielleicht bringt es was. Jemand, der sich einmal an Frauen vergangen hat, tut so was immer wieder.«
Und woher weißt du das so genau? wollte Marlies patzig fragen. Weil ihr klar wurde, daß sie im Augenblick nichts über die Lippen brachte, was *nicht* in irgendeiner Weise patzig geklungen hätte, nickte sie nur und knallte die Waschraumtüre hinter sich zu.
Es hätte meine Idee sein sollen, dachte sie, während sie ihre Stirn an die kühlen Fliesen preßte und sich zu entspannen versuchte. Und außerdem hätte er es vorher mit mir absprechen müssen. Aber vor allem hätte es meine Idee sein sollen. Warum hinkte sie immer einen Schritt hinter ihm her?
Als sie zurück ins Büro kam, waren Pirker und Plaschek schon da und erstatteten Helmut Bericht.
Johann Höllriegel hatte für den Mord an Evelyn Rambausek ein Alibi. Er war mit seiner Frau auf der Geburtstagsfeier seines Schwagers gewesen und erst nach Mitternacht aus Klosterneuburg zurückgekommen.

Auch für einen zweiten Mord, den an Yolanda Princic, kam er nicht in Frage. Zu der Zeit hatte er mit seiner Familie Urlaub in Bibione gemacht.
Über Dubic gab es nichts Neues. Er war nach wie vor verschwunden.
»Sein Chef nimmt an, daß er zu seiner Familie nach Hause gefahren ist«, erzählte Plaschek. »Er hat zwar keinen Urlaub beantragt, aber er soll irgendwann so etwas erwähnt haben.«
»Was ist mit den anderen Baustellen?« fragte Marlies. »War Dubic mal auf einer davon?«
»Fehlanzeige. Zumindest nicht offiziell. Aber er hat seine Arbeitsgenehmigung erst seit sechs Wochen. Ob er auf einer der Baustellen vielleicht schwarz gearbeitet hat, wollte uns natürlich niemand sagen.«
»Ich werde mich mal mit der Fremdenpolizei in Verbindung setzen«, sagte Helmut. »Ansonsten bleiben uns nur die Ausländerlokale. Aber ob wir dort etwas erfahren, wage ich zu bezweifeln.«
»Trotzdem werden wir es versuchen«, sagte Marlies. Sie sah Fritz Plaschek an. »Hast du heute abend Zeit?«
Plaschek machte ein erstauntes Gesicht, aber dann nickte er. »Ja, sicher. Ich hole dich gegen neun Uhr ab. Einverstanden?«
»Einverstanden«, sagte Marlies.
Sie machte gegen sechs Uhr Schluß. Als sie aus dem Hof des Sicherheitsbüros bog, sprang plötzlich ein Fotograf vor ihren Wagen und versperrte ihr den Weg. Verärgert hörte sie seine Kamera surren. Ein Reporter hielt ein Mikrofon durch das halboffene Wagenfenster.
»Was haben Sie zu den Anschuldigungen im Zusammenhang mit dem Tod von Christian Horvath zu sa-

gen?« brüllte der Mann. »Fühlen Sie sich als Sündenbock der Justiz? Was ...«
Ein Wachebeamter eilte herbei und zog den Reporter beiseite. Marlies kurvte rasch über den Gehsteig davon. Sie war so erschrocken, daß ihre Zähne klapperten. So war es also, wenn man plötzlich zu einer auflageträchtigen Neuigkeit wurde.
Sie dachte an Christian Horvath und fragte sich wieder, ob wirklich sie es gewesen war, die ihn all dem ausgesetzt hatte?
Und wenn ja, wie sie jemals damit leben sollte?
Auf dem Anrufbeantworter in ihrer Wohnung waren weitere Journalistenanfragen, ein paar anonyme Beschimpfungen und ein Anruf von Dr. Becker. Marlies hatte sie völlig vergessen.
Sie machte sich eine Notiz, in den nächsten Tagen ganz bestimmt bei ihr anzurufen, und klebte den Zettel auf ihren Kühlschrank, wo sie ihn vermutlich wieder vergessen würde.
Sie hatte eine merkwürdige Abneigung dagegen, die Scheidung weiter voranzutreiben. So, wie die Dinge im Augenblick waren, konnten sie von ihr aus ruhig bleiben. Vielleicht, dachte Marlies, sollte ich wirklich nichts überstürzen. Vielleicht sollten Helmut und ich erst einmal eine Trennung auf Zeit versuchen. Vielleicht lösen sich die Dinge ganz von selbst.
Aber sie war sich darüber im klaren, daß sie selbst nicht wußte, welche *Dinge* sie eigentlich meinte.
Sie unterstrich Dr. Beckers Namen mit gelbem Leuchtstift. Es ist dieser Fall, der mich so beschäftigt, dachte sie. Ich werde Dr. Becker anrufen, sobald ich etwas mehr Luft habe. Ich kann im Moment einfach keine weiteren Probleme brauchen.

Sie machte sich ihr Abendessen zurecht, schaute ein wenig fern und zog sich dann für den Einsatz um.
Sie hatte sich Fritz Plaschek als Begleitung ausgesucht, weil sie einerseits bei dieser Untersuchung einen erfahrenen Beamten an ihrer Seite haben wollte. Andererseits fühlte sie sich jedoch nicht in der Stimmung, schon wieder mit Helmut in einen Konkurrenzkampf zu treten.
Daß Plaschek sie nicht leiden konnte, wußte sie, aber sie wußte auch, daß er daran interessiert war, einen Mordfall zu lösen, der seiner Karriere nützen konnte. Sympathie hin oder her.
Sie fuhren nach Brigittenau, in den zwanzigsten Wiener Gemeindebezirk. In dem Viertel zwischen Donaukanal und Donau gab es eine große Zahl von sogenannten »Klublokalen«, Kneipen, die von Ausländern für ihre Landsleute betrieben wurden.
Die Lokale waren zumeist in Hinterhöfen versteckt. Ihre Einrichtung bestand in der Hauptsache aus Holzbänken und billigen Plastiksesseln. Die zahlreichen Gäste spielten Karten oder Domino, rauchten und unterhielten sich mit gedämpften Stimmen.
Sobald Marlies und Plaschek ein Lokal betraten, verstummten sofort alle Gespräche. Die Männer drückten sich an die Wand, als versuchten sie, sich unsichtbar zu machen.
»Wir wollen Ihnen keine Schwierigkeiten machen«, beeilte Marlies sich, den Wirten zu versichern. »Wir brauchen Ihre Hilfe. Wir suchen diesen Mann.«
Sie legte Dubics Fahndungsfoto auf die Theke.
Aber sie ernteten überall nur Kopfschütteln. Entweder man konnte oder man wollte ihnen nicht helfen. Beides war gleichermaßen wahrscheinlich.

Da einige der Klub-Gäste vermutlich ohne gültige Aufenthaltsgenehmigung in Österreich waren, wollte keiner der Wirte riskieren, die Polizei unnötigerweise auf sein Lokal aufmerksam zu machen.
Es war zwei Uhr früh, als Marlies endlich ins Bett kam. Sie war bei ihren Ermittlungen keinen Schritt weitergekommen.

10

Am Mittwoch früh wurde Marlies als erstes in Hofrat Wagreiters Büro beordert. Ihr Vorgesetzter war auf eine neue brillante Idee verfallen.
Er zog einen Psychiater zu dem Fall hinzu.
Dr. Bösch war Mitte vierzig, gutaussehend und erstaunlich schüchtern. Und er versuchte nicht sofort, jedes ihrer Worte als Ausdruck eines verdrängten Kindheitstraumas zu interpretieren, wie Marlies halb befürchtet hatte.
Trotzdem ging er ihr auf die Nerven.
Er war eine weitere Person, um die sie sich kümmern mußte. Er wollte Einsicht in die Akten nehmen, er wollte mit ihr sprechen, er forderte ihre Aufmerksamkeit.
Und all das konnte sie im Augenblick absolut nicht brauchen.
Sie räumte für ihn einen Schreibtisch in einem unbenutzten Büro aus und hoffte, er würde irgendwann ganz von selbst wieder gehen.
Dann begann sie mit der Arbeitseinteilung.
Sie ordnete die vollständige Überprüfung aller Mitarbeiter von Pecher und Wegart an, aller Arbeiter, die auf der Baustelle in Favoriten beschäftigt waren, sowie aller Firmen, die jemals auf einer der fünf Baustellen zu tun gehabt hatten. Möglicherweise gab es Übereinstimmungen, die sie weiterbrachten.
Außerdem machte sich hektische Betriebsamkeit im-

mer gut, wenn man im Grunde genommen keine Ahnung hatte, was man als nächstes tun sollte.
Für Gottfried Feuchtwanger beantragte sie eine Rund-um-die-Uhr-Bewachung, bekam sie aber nicht bewilligt. Sie mußte sich damit begnügen, seine Aktivitäten sporadisch überwachen zu lassen.
Die Unterlagen von Pecher und Wegart holte sie selbst ab. Dabei lernte sie auch Frau Dr. Wegart kennen, eine große, hagere Frau Anfang sechzig mit einem langen Pferdegesicht und streng zurückgekämmten, grauen Haaren.
»Ich finde die Art und Weise, wie unser Name und unser guter Ruf von Ihnen an die Öffentlichkeit gezerrt werden, anmaßend und impertinent«, sagte sie, als Marlies sich von Frau Plachowetz die Personalakten aushändigen ließ. »Ich habe gute Freunde im Magistrat, bei denen ich mich über Sie beschweren werde.«
Marlies ging geflissentlich über die Drohung hinweg. »Nehmen Sie alles mit«, sagte sie zu Pirker.
Als sie zurück ins Sicherheitsbüro kam, wartete im Treppenhaus Dr. Brenner, der Anwalt der Horvaths, auf sie.
»Ich gebe keinen Kommentar. Wenden Sie sich an Hofrat Dr. Wagreiter«, sagte sie. Sie lief hinter Pirker her die Treppe hinauf.
»Wir werden Sie wegen fahrlässiger Tötung anklagen«, rief Dr. Brenner ihr nach. »Das Geständnis wurde aus dem armen Jungen herausgeprügelt. Von Ihnen höchstpersönlich.«
Marlies kam nicht umhin, stehenzubleiben. »Höchstpersönlich?«
»Sie waren beim Verhör allein mit ihm ...«
»Das Verhör wurde korrekt abgewickelt.«

Dr. Brenner kam einen Schritt näher. »Ach, kommen Sie. Wir wissen doch, wie so etwas abläuft. Sie waren allein mit ihm, der Junge wurde rabiat, Sie *mußten* sich zur Wehr setzen ...«

»Ich war nicht mit ihm allein«, erwiderte Marlies fest. »Und niemand wurde rabiat.«

»Sie wollen leugnen, daß er Sie angegriffen hat? Und Ihr Gesicht nach dem Verhör? Es war rot und verschwollen, dafür habe ich einen Zeugen. Wollen Sie behaupten, daß Sie gegen eine Tür gelaufen sind?«

Marlies sah den Anwalt entsetzt an. Woher konnte er das mit ihrem Gesicht wissen? Sie drehte sich auf dem Absatz um.

»Kein Kommentar«, schnappte sie.

Sie stürmte in ihr Büro.

»Was haben Sie diesem Anwalt erzählt?« schrie sie Pirker an.

Ihr Assistent starrte erschrocken zurück. »Ich? Aber – gar nichts. Ich ...«

»Wann haben Sie mit ihm gesprochen?«

»Überhaupt nicht. Ich – er hat gestern abend angerufen. Aber ich habe nichts gesagt. Nur ...«

»Nur was? Haben Sie über mein Aussehen gesprochen? Haben Sie ihm irgend etwas über mein Aussehen nach dem Verhör erzählt? Haben Sie?«

»Ich – weiß nicht mehr. Kann schon sein, daß so eine Bemerkung gefallen ist. Aber ich habe wirklich nicht ...«

»Sie verd ... –« Marlies biß sich auf die Zunge. Es war nicht mehr zu ändern. Es war nicht mehr zu ändern, und sie mußte versuchen, das Beste daraus zu machen. Sie sagte sich, daß ihr Brenner nicht wirklich deswegen etwas anhaben konnte. Aber sie hatte zum ersten Mal in ihrem Leben Angst.

Pirker starrte feindselig zu ihr herüber. »Ich habe ihm gar nichts gesagt«, murmelte er böse.
Marlies setzte sich an ihren Schreibtisch.
»Ist schon gut«, sagte sie. »Ist nicht so wichtig.«
Sie überlegte, ob sie Wagreiter darüber informieren sollte, aber sie befürchtete, daß dadurch alles nur noch schlimmer würde. Vermutlich war es von Brenner nur ein Schuß ins Blaue gewesen, um sie aus der Reserve zu locken.
Sie durfte nur nicht zeigen, daß irgend etwas an der Geschichte dran war.
Sie befürchtete allerdings, daß sie das schon getan hatte.
Als Helmut die Bürotür aufriß, zuckte sie zusammen.
»Unser Freund Johnny hat angerufen. Wegen der Liste. Er will sich mit uns treffen. In einer halben Stunde im *Eldorado*.«
Marlies griff nach ihrer Tasche. »Ich komme. Fangen Sie schon mit den Unterlagen von Pecher und Wegart an«, sagte sie zu Pirker.
Ihr Assistent nickte nur, ohne sie anzusehen.
Feuchtwanger saß allein an einem Tisch, als sie das Lokal betraten. Er wirkte längst nicht mehr so großspurig und selbstsicher wie bei ihrem ersten Gespräch.
»Ich habe bei Evelyns Freundinnen herumgefragt und in ihrem Notizbuch nachgeschaut. Das ist alles, was ich herausgefunden habe«, sagte er. Er schob eine sauber geschriebene Liste von zehn oder zwölf Namen zu ihnen hinüber.
Marlies nahm die Liste an sich. »Kann ich das Notizbuch auch haben?« fragte sie.
Feuchtwanger zögerte einen Augenblick, dann griff er in seine Jackentasche. »Ich dachte mir schon, daß Sie

danach fragen würden. Aber es steht wirklich nicht sehr viel drin.«
»Das werden wir überprüfen.« Marlies blätterte mit dem Daumen durch das schmale, in billiges Kunstleder gebundene Büchlein, das den Namen irgendeiner Firma als Werbeaufdruck trug. Feuchtwanger hatte recht. Die Eintragungen waren spärlich und bezogen sich hauptsächlich auf Friseur- und Zahnarzttermine. Da und dort standen ein paar Telefonnummern.
Aber sie hatte gelernt, daß alles wichtig sein konnte. Sie sah ihr Gegenüber an. »Was ist mit Sonntag abend? Haben Sie noch einmal darüber nachgedacht?«
»Ich habe Ihnen die volle Wahrheit gesagt. Ich bin um zehn nach Hause gekommen und nicht mehr weggegangen. Ich dachte ...«
»Was?«
»Wie Sie sagten: Eine Hand wäscht die andere. Sie haben von mir die Liste bekommen, da dachte ich ...«
»Daß wir dir deine Geschichte unbesehen abkaufen?« fragte Helmut. Er schüttelte den Kopf. »Falsch gedacht. Wenn du nicht beweisen kannst, wo du am Sonntag abend nach zehn warst, sieht es schlecht für dich aus, mein Junge.«
»Ihr könnt aber auch nicht beweisen, daß ich die Evelyn umgebracht habe«, sagte Feuchtwanger eisig. »Und ein Motiv dafür könnt ihr schon gar nicht liefern.«
»Was ist mit der Abtreibung?« fragte Marlies. »Das wäre doch schon mal ein Motiv. Vor Gericht macht sich das bestimmt nicht gut.«
Feuchtwanger sah sie an. »Was für eine Abtreibung? Wovon reden Sie überhaupt?«
»Von der Abtreibung, die Evelyn hatte. Kurz bevor sie

ermordet wurde«, sagte Helmut. »Findest du nicht, daß das ein merkwürdiger Zufall ist?«
»Ich weiß überhaupt nicht, was Sie meinen. Die Evelyn hatte eine Abtreibung? Ich – davon habe ich nichts gewußt, das schwöre ich.«
»Ach, komm schon!« rief Helmut ärgerlich. »Erzähl doch hier keine Märchen. Willst du uns weismachen, daß du so etwas nicht erfährst?«
»Das habe ich wirklich nicht«, beteuerte Feuchtwanger. Er sah Marlies an. »Ich sage Ihnen die Wahrheit. Warum hätte ich denn die Evelyn umbringen sollen? Weil sie ein Kind erwartete? Dafür begeht man doch keinen Mord.«
Marlies erwiderte ruhig seinen Blick. Sie war überzeugt gewesen, in Feuchtwanger den Richtigen zu haben.
So wie bei Christian Horvath?
Aber Feuchtwanger hatte recht. Wegen eines Kindes brachte man niemanden um. Das war kein ausreichendes Motiv.
Sie stand abrupt auf. »Wir kommen wieder«, drohte sie. »Bald.«
Im Büro schickte sie die Namen auf Feuchtwangers Liste durch den Zentralcomputer, aber das Ergebnis war negativ. Keiner der Männer war vorbestraft oder sonstwie aktenkundig.
Dann verglich sie die Namen mit denen der Bauarbeiter in Favoriten und rief die Zulieferfirmen an. Aber auch dort war keiner der Männer beschäftigt.
Sie schickte Helmut, Pirker und Plaschek los, Evelyns Kunden zu überprüfen, und machte sich selbst über die Unterlagen von Pecher und Wegart her.
Sie suchte nach einem Zusammenhang.
Es mußte jemanden geben, der die toten Mädchen kann-

te, der Evelyn Rambausek kannte, der etwas mit Pecher und Wegart zu tun hatte.
Aber der einzige, auf den alle Indizien paßten, war Christian Horvath. Und Christian Horvath war tot.
Um sechs Uhr machte Marlies Schluß, fuhr in ihre Wohnung, duschte, zog sich um und stand pünktlich um halb acht vor dem Haus ihrer Eltern in Hietzing.
Die Einfahrt war verparkt, vermutlich von den Treudls und den Ritters, deshalb mußte sie einen Parkplatz zwei Straßen weiter suchen.
Das erste, was ihr Vater sagte, als er die Tür öffnete, war: »Du kommst spät.«
Marlies ging an ihm vorbei ins Haus. »Dir auch einen schönen Abend, Vater«, sagte sie.
Sie zog ihren Mantel aus und hängte ihn in den Schrank. Ihre Schwester kam mit ihrer Mutter aus dem Wohnzimmer. Irene küßte sie zur Begrüßung flüchtig auf die Wange.
»Wir dachten schon, du kommst nicht mehr«, sagte sie halb scherzhaft und halb vorwurfsvoll.
»Ich bin fünf Minuten zu spät«, erwiderte Marlies. »Üblicherweise gibt man eine Vermißtenanzeige erst nach ein paar Stunden auf.«
»Ach, laßt das doch«, sagte ihre Mutter. Sie drückte ihren Arm. »Ich freue mich so, daß du gekommen bist.«
»Ich wollte – ich hatte viel zu tun in letzter Zeit«, murmelte Marlies. Aber sie wußte selbst, wie fadenscheinig diese Entschuldigung klang.
Die anderen Gäste saßen schon bei Tisch. Dr. Treudl und Mag. Ritter waren Untergebene ihres Vaters im Innenministerium, die sich entsprechend übereifrig und zuvorkommend verhielten.
Dr. Treudl lachte besonders laut und lang bei jeder

ironischen Bemerkung ihres Vaters. Ihr Vater hatte vor, in zwei oder drei Jahren in Pension zu gehen, und Treudl machte sich Hoffnungen, sein Nachfolger zu werden.
Die Männer unterhielten sich in Berufskürzeln, erzählten den neuesten Ministeriumstratsch und wetterten über ihre Kollegen.
Ihre Mutter, Irene, Frau Ritter und Frau Treudl tauschten Kochrezepte aus und erkundigten sich nach den jeweiligen Kindern.
Irene hatte zwei Kinder, einen Jungen und ein Mädchen. Sie hießen Dominik und Magdalena, wenn sie es richtig in Erinnerung hatte. Aber spätestens bei ihrem Alter mußte Marlies passen.
Sie hatte sich nie für Kinder interessiert. Und sie hatte nie eigene Kinder gewollt. Sie konnte nichts mit ihnen anfangen.
Aber vor allem wollte sie nicht das Gefühl haben, für einen anderen Menschen verantwortlich zu sein.
Helmut wollte Kinder.
Trotzdem hatte er ihren Standpunkt akzeptiert. Scheinbar.
Aber die Kinderfrage hatte immer wie ein altes, eitriges Geschwür zwischen ihnen gestanden. Es brach nie auf, aber es schwelte unter der Oberfläche.
Vielleicht war das der eigentliche Grund für all ihre Schwierigkeiten.
Sie wußte es nicht. Sie mußte sich auf Frau Treudl konzentrieren, die mit neugierigem Blick zu ihr aufsah und fragte: »Sagen Sie, wie kommt man eigentlich dazu, Polizistin zu werden?«
»Ja, das habe ich mich auch immer gefragt«, warf Irene bissig ein.

Marlies sah sie erstaunt an, aber Irene hatte sich bereits wieder ihrem Essen zugewandt.
Marlies räusperte sich. »Na ja, ich weiß auch nicht so recht. Vielleicht hatte ich einfach das Gefühl, daß ich irgend etwas Sinnvolles mit meinem Leben anfangen wollte. Etwas Sinnvolleres als über mittelhochdeutschen Lautverschiebungen zu grübeln. Das ...«
»Ich hätte ihr einen sehr guten Posten im Ministerium angeboten«, unterbrach ihr Vater sie. »Sie wissen doch, die Stelle, die jetzt Achleitner hat. Aber sie wollte nicht. So ist das mit den Kindern. Sein Leben lang plagt man sich für sie, aber wenn sie ihren Kopf durchsetzen wollen, ist man machtlos.«
Die Gäste lächelten höflich, verständnisvoll. Und Marlies hatte das Gefühl, plötzlich unsichtbar geworden zu sein. Wie das schwarze Schaf der Familie, über das man nicht sprach.
Und sie dachte: So ist es immer, wenn ich nach Hause komme. Entweder ich greife an, oder ich verteidige mich. Ein friedliches Nebeneinander scheint einfach nicht möglich zu sein.
Sie versuchte, eine Antwort zu finden, die alles erklären sollte: Was sie tat und warum sie es tat und daß es das Richtige für sie war. Aber ihr wurde bewußt, daß es eine solche Antwort nicht gab. Laut sagte sie: »Ich bin glücklich in meinem Beruf.«
»Unter Verbrechern? Mein Gott, das stelle ich mir grauenhaft vor«, rief Frau Treudl.
»Ich glaube, man macht sich gar keine Vorstellung davon, was für schreckliche Dinge tatsächlich da draußen passieren«, meinte ihre Mutter vage.
Marlies dachte an Gottfried Feuchtwanger, an Gerda,

an Christian Horvath, an all die anderen Leute, mit denen sie Tag für Tag zu tun hatte.
»Die Menschen unterscheiden sich nicht allzusehr voneinander«, sagte sie. »Nicht wirklich. Nicht –«
»Also, ich möchte nichts mit solchen Leuten zu tun haben«, erklärte Dr. Treudl. »Mir reichen die Steuerprüfer vom Finanzamt.«
Alle lachten.
Und plötzlich wurde Marlies klar, warum sie sich in Helmut verliebt hatte: weil er sie von all dem fortgeholt hatte.
Er war der dunkle Ritter, der die Prinzessin aus ihrem elfenbeinernen Turm befreit hatte.

11

Als sich die Gäste gegen zehn verabschiedeten, erklärte auch Marlies, aufbrechen zu müssen.
»Ich muß morgen wieder früh raus«, sagte sie.
Ihr Vater lachte bellend. »Räuber und Gendarm spielen? Wenn du das nächste Mal in Schwierigkeiten bist, sag es mir bitte rechtzeitig, bevor du unseren Namen wieder in die Schlagzeilen bringst. Du solltest nicht vergessen, daß davon auch andere betroffen sind.«
»Ich glaube, ich bin von mindestens einem Dutzend Leuten angerufen worden, die wissen wollten, ob das meine Schwester ist in der Zeitung«, erzählte Irene. »Dabei wußte ich nicht einmal, worum es überhaupt geht.«
»Es ist mein Name. Und mein Job«, sagte Marlies. »Ich mache ihn, so gut ich kann. Wenn euch die Methoden nicht gefallen, tut es mir leid. Aber ich kann nichts daran ändern.«
Um einer weiteren Diskussion vorzubeugen, stand sie vom Tisch auf und griff nach ihrer Tasche. »Ich muß jetzt wirklich gehen. Es ist schon spät.«
»Nimmst du mich mit?« fragte Irene. »Ich bin mit dem Taxi gekommen. Mein Wagen mußte heute früh zur Reparatur.«
»Besuch uns wieder, wenn du Zeit hast«, sagte ihre Mutter zu ihr. »Du weißt, daß ich mir immer Sorgen um dich mache.«
»Ja, ich weiß«, sagte Marlies. »Ich weiß.«

Als sie schon in der Tür standen, fragte ihr Vater plötzlich: »Was ist eigentlich mit dieser Scheidung? Ist das wenigstens schon erledigt?«
Er tat so, als würde es sich um einen Termin beim Zahnarzt handeln. Als wären daran nicht zwei Menschen beteiligt, die immerhin sieben Jahre zusammengelebt hatten.
Er wollte Helmut nur so schnell wie möglich wieder loswerden, wie man einen unzuverlässigen Hausangestellten los wird.
Ihr Vater war nie mit ihrer Heirat einverstanden gewesen, und er hatte nie versucht, sich auch nur auf halbwegs freundschaftlichen Fuß mit Helmut zu stellen.
Marlies küßte ihre Mutter zum Abschied auf die Wange. »Noch nicht«, sagte sie. »Es wird wohl noch eine Weile dauern.«
Und sie dachte: Das wäre der einzige Grund, verheiratet zu bleiben.
Um ihren Vater zu ärgern.
Sie ging schweigend neben ihrer Schwester zu ihrem Wagen.
Warum kann ich nicht mit ihnen reden? fragte sie sich. Warum komme ich mit den Bettlern und Betrunkenen besser zurecht als mit meiner eigenen Familie?
Aber sie wußte natürlich, daß das nicht stimmte. Die Betrunkenen am Schwedenplatz standen ihr nicht nahe. Das war es, was alles so kompliziert machte.
Sie schloß für Irene die Beifahrertür auf und setzte sich hinter das Lenkrad.
»Du willst dich also wirklich scheiden lassen?« fragte Irene, während sie den Sicherheitsgurt anlegte.
Marlies sah sie einen Augenblick von der Seite her an. Dann erwiderte sie nur: »Ja.«

»Du machst es dir sehr leicht«, meinte Irene. »Sehr leicht.«
Es klang wie ein Vorwurf. Als würde Marlies einen Verrat begehen, weil sie vorhatte, von diesem verrückten Karussell abzuspringen, das sich Ehe nannte.
»Ich weiß nicht, was du damit meinst«, sagte Marlies.
Irene starrte aus dem Seitenfenster. »Denkst du, du bist der einzige Mensch auf der Welt, der einen Scheidungsgrund hat? Ich hätte genug Gründe dafür. Ich bin mit einem Mann verheiratet, der sich nur für seine Arbeit interessiert. Die Kinder, ich, das ist alles nebensächlich für ihn.«
»Was hindert dich daran, von Ewald wegzugehen?« fragte Marlies.
Die Situation war ihr unangenehm. Sie wollte nicht von den Problemen ihrer Schwester hören. Sie hatte genug mit ihren eigenen zu tun.
»Und wovon soll ich leben? Ich habe doch nichts gelernt, keinen Beruf, nichts.«
Irene hatte geheiratet, als sie knapp zwanzig war. Ewald studierte damals noch Medizin, mit Unterstützung seiner Eltern. Irene gab ihr eigenes Studium auf, wurde kurz darauf schwanger. Ihre Eltern waren dagegen gewesen, aber sie hatte ihren Kopf durchgesetzt.
»Ewald müßte für die Kinder zahlen.«
»Das wäre doch nie genug. Hast du eine Ahnung, was die Dinge heutzutage kosten?«
»Natürlich weiß ich, was die Dinge heutzutage kosten«, sagte Marlies ärgerlich. »Ich lebe ja nicht auf dem Mond.«
»Ich brauche einen gewissen Lebensstandard«, erklärte Irene. »Daran bin ich gewöhnt. Das kann ich nicht von heute auf morgen aufgeben. Dir ist das egal. Du hast

immer nur getan, was du wolltest. Ich habe Rücksichten zu nehmen. Ich habe Verpflichtungen.«

»Dann«, sagte Marlies, »wirst du dich wohl oder übel mit deiner Situation abfinden müssen.«

Sie redeten nicht mehr, bis sie vor Irenes Wohnung standen.

»Ich fliege nächste Woche für ein paar Tage nach Zürich zum Einkaufen«, sagte Irene, bevor sie ausstieg. »Ich nehme an, du hast keine Lust mitzukommen?«

»Nein, tut mir leid. Ich kann nicht.«

»Das dachte ich mir schon«, meinte Irene. Sie zögerte einen Augenblick, dann versuchte sie ein schüchternes Lächeln. Sie drückte Marlies' Hand. »Ich wünsche dir viel Glück mit deinem Fall.«

»Danke«, sagte Marlies.

Sie wollte noch etwas sagen, aber Irene hatte schon die Wagentür zugeschlagen. Marlies schaute hinter ihrer Schwester her, bis sie im Haus verschwunden war, dann fuhr sie los.

Auch Helmuts und Pirkers Runde durch die Ausländerlokale hatte kein Ergebnis gebracht. Dubic blieb weiter verschwunden.

Marlies wühlte sich den ganzen Donnerstag über durch Personalakten und Computerausdrucke, ohne auf eine Spur zu stoßen.

Die Eintragungen in Evelyns Notizbuch waren wertlos oder nicht zu entschlüsseln.

Wagreiter tobte.

Am Freitag vormittag setzte sich Marlies in ihren Wagen und fuhr zum Zentralfriedhof, wo Evelyn Rambausek um elf Uhr beigesetzt wurde.

Es war nur eine kleine Trauergemeinde: Gottfried Feuchtwanger im schwarzen Anzug, neben ihm drei

Mädchen, vermutlich Kolleginnen von Evelyn. Eine vierte Frau stand auf der anderen Seite des Grabes, eine rote Rose in der Hand.
Marlies hielt sich abseits und beobachtete.
Nach der kurzen, unpersönlichen Einsegnung wurde der Sarg in die Erde gesenkt. Feuchtwanger und die drei Mädchen drehten sich um und gingen. Offensichtlich hatten sie das Äußerste an Pietät aus sich herausgeholt, zu dem sie fähig waren.
Die vierte Frau blieb noch einen Augenblick am offenen Grab stehen. Sie bewegte die Lippen, als würde sie ein leises Gebet sprechen, dann warf sie die Rose hinein und bekreuzigte sich. Als sie sich umdrehte, bemerkte sie Marlies. Sie zögerte kurz, dann kam sie auf sie zu.
»Sind Sie nicht die Polizistin aus der Zeitung? Die den Mord an Evelyn aufklärt?« fragte die Frau.
Sie war Ende zwanzig, mit kurzen, dunklen Haaren und stark geschminkten Augen. Ihr Beruf war unschwer zu erraten.
Marlies nickte. »Die bin ich. Mittermann. Marlies.«
»Ich heiße Roswitha Steiner. Ich war eine Freundin von der Evelyn. Ich meine, eine richtige Freundin. Nicht so wie die drei, die sich nicht genieren, in Evelyns eigenem Mantel zu ihrem Begräbnis zu kommen.«
Sie deutete mit dem Kopf auf den Ausgang, durch den Feuchtwanger und seine drei Begleiterinnen eben verschwanden. »Ich habe mir Sorgen um die Evelyn gemacht.«
»Sorgen? Warum?«
»Wegen ihres Umgangs. Sie wissen schon, wen ich meine. Warum laßt ihr den immer noch frei herumlaufen? Warum habt ihr den Kerl nicht schon längst hinter Gitter gebracht, wie es sich gehört?«

»Warum sollten wir das?« fragte Marlies.
»Weil er die Evelyn umgebracht hat. Darum«, antwortete Roswitha Steiner.
Marlies sah sie an. »Haben Sie dafür einen Beweis?«
»Dafür brauche ich keinen Beweis. Das wird Ihnen jeder bestätigen, der ihn jemals kennengelernt hat. Richtig kennengelernt, meine ich. Oh, ich weiß schon, nach außen tut er immer recht charmant und lässig, der schöne Johnny. Als wäre er die Liebenswürdigkeit in Person. Aber das ist alles nur Fassade. Fragen Sie jedes Mädchen, das Sie wollen.«
»Sie meinen, er hat Evelyn mißhandelt? Warum?«
»Warum schon? Weil er schlechte Laune hatte. Weil Freitag, der dreizehnte war. Er braucht dafür keinen besonderen Grund. Das weiß ich aus eigener Erfahrung.«
Sie griff sich an die Wange.
»Er hat Sie auch geschlagen?« fragte Marlies.
»Ich hab früher mal für ihn gearbeitet«, erzählte Roswitha. »Ist schon über ein halbes Jahr her. Ich habe dann jemanden kennengelernt. Er ist Catcher am Heumarkt. Mit dem bin ich seitdem zusammen. Der hat mir auch meinen neuen Job vermittelt. Im *Chat Noir.* Das ist ein Nachtklub im dritten Bezirk.«
»Und Feuchtwanger wollte Sie nicht gehen lassen?« fragte Marlies.
»Ich mußte vom Notarzt genäht werden, so hat er mich zugerichtet. Ich hab sogar Anzeige gegen ihn erstattet, bei der Polizei. Aber dann habe ich sie doch wieder zurückgezogen. Weil ich Angst hatte. Ich dachte, der tut mir noch mal was an. Ich habe immer noch Angst vor ihm.«
»Hatte Evelyn auch Angst?«

»Alle hatten sie Angst. Die Evelyn, die Martina ...«
»Sie meinen Martina Stoisits?« fragte Marlies schnell.
»Johnny hat sie bedroht. Das habe ich mit eigenen Ohren gehört. Martina wollte nicht für ihn arbeiten. Da hat er sie gefragt, ob sie gerne im Krankenhaus landen möchte.«
»Wann war das?«
»Ist schon ein paar Wochen her. Anfang August ungefähr. Und jetzt ist die Martina tot. Das ist schon ein komischer Zufall, finden Sie nicht?«
»Würden Sie mit mir ins Sicherheitsbüro kommen und dort eine Aussage machen?« fragte Marlies. »Es wäre sehr wichtig.«
»Nein, tut mir leid. Ich will da nicht hineingezogen werden. Ich habe ja schon gesagt, daß ich mich vor Johnny fürchte. Sperrt ihn erst ein. *Dann* mache ich meine Aussage.«
»Wo kann ich Sie erreichen?« fragte Marlies.
»Ich verschwinde für eine Weile aus der Stadt«, sagte Roswitha. »Hier wird es mir zu gefährlich, nach allem, was mit der Evelyn und der Martina passiert ist. Ich fahre zu meiner Schwester nach Wiener Neustadt. Die ist akademische Malerin, ob Sie es glauben oder nicht. Wanda Wallisch heißt sie. Die Adresse finden Sie im Telefonbuch.«
Sie sah sich mißtrauisch um.
»Ich gehe jetzt lieber. Tun Sie mir den Gefallen und warten Sie, bis ich draußen bin. Ich möchte nicht, daß uns jemand zusammen sieht. Johnny hat seine Augen überall, verlassen Sie sich darauf. Dem ist nicht zu trauen.«
»Ich werde mich bei Ihnen melden«, versprach Marlies. »Vielen Dank für Ihre Hilfe.«

»Ziehen Sie den Kerl aus dem Verkehr. Das ist alles, was ich will«, sagte Roswitha.
Sie stöckelte über den Kiesweg davon.
Marlies wartete fünf Minuten, dann folgte sie ihr. Es hatte zu regnen begonnen. Der einzige Blumenschmuck auf Evelyns Grab, ein Bouquet aus rosa Nelken, wurde von den Tropfen niedergeklatscht. Schmutzbäche rannen über die Schleife mit der Inschrift »In Liebe, Johnny«.
Der Friedhof war jetzt menschenleer.
Auf dem Weg zum Ausgang blieb Marlies ein- oder zweimal stehen, weil sie sich einbildete, Schritte hinter sich zu hören.
Das wäre eine gute Gelegenheit, mich zu beseitigen, dachte sie. Auf einem verlassenen Friedhof, wo niemand mich sehen oder meine Schreie hören kann. Einfacher könnte ich es Feuchtwanger nicht mehr machen.
Ihre Knie zitterten, als sie endlich in ihrem Wagen saß. Niemand bringt einen Polizisten um, sagte sie sich. Nicht in Wien.
Aber sie wußte, daß irgendwo da draußen ein verrückter Mörder lauerte. Und daß sie ihm näher war, als sie ahnte.
Im Sicherheitsbüro war das Treppenhaus voll mit übernächtigt aussehenden Prostituierten. Pirker und Plaschek holten sie einzeln oder zu zweit in die Vernehmungszimmer.
»Was ist da draußen los?« fragte Marlies, als sie Helmuts Büro betrat.
»Nur eine Routineüberprüfung. Wir haben uns vom Sittenreferat ein paar von Evelyns Kolleginnen schicken lassen. Ich glaube zwar nicht, daß wir viel

herausbekommen werden, aber das weiß man vorher ja nie.«

»Es gibt neue Verdachtsmomente gegen deinen Freund Johnny«, sagte Marlies.

»Ach ja?« fragte Helmut.

»Ich war heute bei Evelyn Rambauseks Begräbnis. Dabei habe ich mit einem Mädchen gesprochen, das früher für Johnny gearbeitet hat. Sie sagt, Johnny hat Evelyn des öfteren mißhandelt. Und ein anderes Mädchen hat er öffentlich bedroht. Rate, wen.«

Helmut zuckte gelangweilt die Achseln.

»Martina Stoisits. Und zwar nur wenige Wochen vor ihrem Tod.«

»Und was soll das beweisen? Ich bin sicher, daß Feuchtwanger schon öfter jemanden bedroht hat, ohne ihn deshalb gleich umzubringen. Mehr konnte deine Zeugin nicht erzählen? Wer ist sie überhaupt?«

»Sie heißt Roswitha Steiner. Und sie hat genügend Angst vor Johnny, um vorübergehend zu ihrer Schwester nach Wiener Neustadt zu ziehen.«

»Und was willst du jetzt machen? Johnny aufgrund dieser Verdächtigung festnehmen?«

»Noch nicht. Aber ich will ihn im Auge behalten«, erwiderte Marlies. Sie griff zum Telefon. »Ist Wagreiter noch im Haus?«

Der Hofrat war bereits zum Essen gegangen.

Marlies schrieb über das Gespräch mit Roswitha Steiner einen Bericht und legte ihn zu den Unterlagen. Dann ging sie selbst in die Kantine.

Als sie zurückkam, lag ein Stapel Akten auf ihrem Schreibtisch. Es war die Liste von Sexualattentätern, die das Justizministerium zusammengestellt hatte.

Sie ignorierte die Liste und ging sofort in Hofrat Wagreiters Büro.
Da sie einen dringenden Tatverdacht aussprechen konnte, war ihr Chef gnädiger gestimmt als üblich. Er teilte ihr zu Feuchtwangers Überwachung sogar zwei zusätzliche Beamte aus dem Betrugsreferat zu.
Marlies bestellte die Männer für Samstag, acht Uhr, auf ihren Posten.
Dann zog sie noch einmal die Akte über die ersten drei Mordfälle heran. Sie suchte nach einer Verbindung zwischen den ermordeten Frauen und Gottfried Feuchtwanger.
Angelika Morawetz, die erste Tote, war erst Anfang des Jahres aus Eisenstadt nach Wien gekommen. Sie hielt sich bevorzugt in der Nähe des Pratersterns im zweiten Bezirk auf und war Feuchtwanger vermutlich nie begegnet.
Yolanda Princic war hauptsächlich in den Wiener Außenbezirken zu finden gewesen. Auch in ihrem Fall konnte man eine Verbindung zu Feuchtwanger mit hoher Wahrscheinlichkeit ausschließen.
Anita Köck hatte ihren Lebensunterhalt offiziell als »Model« verdient. Helmut war bei seinen Ermittlungen davon ausgegangen, daß der Mörder sich mit ihr telefonisch verabredet hatte. Daß Feuchtwanger sie kannte, war möglich, aber wie bei den anderen nicht bewiesen.
Sie schlug die letzte Akte zu, als Helmut an ihre Tür klopfte. Hinter ihm kamen Plaschek und Pirker ins Büro.
»Irgend etwas herausgefunden?« fragte Marlies.
Plaschek schüttelte den Kopf. »Viele Namen, aber keine konkrete Spur. Nichts, was uns weiterbringt.«
»Ich habe Wagreiters Okay für eine Rund-um-die-Uhr-

Überwachung von Gottfried Feuchtwanger«, sagte Marlies. »Wir bilden drei Teams: Helmut und ich, Fritz und Edi und zwei Männer, die wir vom Betrugsreferat bekommen. Ich habe schon einen Raster für die Zeiteinteilung gemacht.«

»Warum bist du auf diesen Feuchtwanger so versessen?« fragte Helmut. »Alles, was wir bis jetzt wissen, ist, daß er Evelyn Rambausek – angeblich – geschlagen hat. Und Martina Stoisits bedroht. Was ist mit den anderen drei Toten? Da besteht keine Verbindung.«

»Wir *wissen* nichts von einer Verbindung«, verbesserte ihn Marlies. »Das bedeutet nicht, daß es sie nicht *gibt*.«

»Du glaubst wirklich, er hat fünf Frauen umgebracht? Warum? Was ist das Motiv?«

»Das weiß ich noch nicht. Aber ich bin mir ziemlich sicher«, sagte Marlies. »Und ich kriege ihn schon. Verlaß dich darauf.«

12

Die Rund-um-die-Uhr-Überwachung von Gottfried Feuchtwanger brachte kein Ergebnis.
Am Dienstag wurde Marlies vor die sogenannte »Horvath«-Kommission zitiert, um ihre Aussage zu machen. Die Frage, ob eine dritte Person bei dem Verhör von Christian Horvath anwesend war, wurde nicht berührt.
Am Mittwoch nachmittag fanden Fußgänger in einem Waldstück nahe Mauerbach, etwas außerhalb von Wien, Mirko Dubics Leiche.
»Schon wieder ein toter Tatverdächtiger«, sagte Helmut, als die Nachricht hereinkam. »Das wird bei diesem Fall schon langsam zur Gewohnheit!«
Seine Stimmungen waren unberechenbar. Es gab Tage, an denen sie sehr ruhig und konzentriert zusammenarbeiteten, und dann brach plötzlich, ohne Grund, wieder die alte Feindseligkeit durch.
Natürlich litt darunter auch ihre Arbeit. Aber Marlies wußte, daß es keinen Sinn hatte, sich darüber bei Wagreiter zu beschweren.
Ihr Chef war nach wie vor der Ansicht, daß sie für sämtliche Katastrophen seit Anbeginn der Menschheit verantwortlich zu machen war. Deshalb ging sie ihm tunlichst aus dem Weg.
Als sie zum Tatort kamen, hatte die niederösterreichische Gendarmerie das Gebiet bereits abgeriegelt. Auch der Erkennungsdienst war schon im Einsatz.
Die Leiche war halb unter altem Laub und Zweigen

verscharrt. Sie war bereits stark verwest. Eine Identifizierung war nur aufgrund des Ausweises in seiner Tasche möglich.
Dubic bot keinen schönen Anblick. Man hatte ihm mit Draht die Hände auf den Rücken gebunden, dann war er durch einen gezielten Schuß getötet worden.
»Sieht mir ganz nach Feuchtwanger aus«, meinte Helmut sarkastisch. Er kniete neben der Leiche nieder, um die Verletzungen zu untersuchen. Als er sich wieder aufrichtete, sagte er: »Da waren Profis am Werk. Ist nichts mit dem schönen Johnny. Das war eine Hinrichtung.«
»Wer sollte einen Bauarbeiter hinrichten?« Marlies wandte sich an den Polizeiarzt. »Wie lange liegt die Leiche schon hier?«
»Zwei Wochen, würde ich mal grob schätzen. Vielleicht auch länger.«
»Das kommt hin«, sagte Plaschek. »Wenn das, was die Nachbarn uns erzählt haben, stimmt. Die wollen ihn zuletzt am Freitag vor vierzehn Tagen gesehen haben.«
»Aber dann«, warf Helmut ein, »hat Dubic nicht Evelyn Rambausek umgebracht.«
Marlies steckte mißmutig die Hände in die Jackentaschen. Sie konnten wieder einmal ganz von vorne anfangen. »Machen wir uns an die Arbeit«, sagte sie.
Sie sahen sich als erstes in Dubics Wohnung um und redeten mit den Nachbarn. Aber wie es aussah, hatte er nur wenig Kontakt zu den anderen Hausbewohnern gehabt. Er wurde als ruhig und unauffällig beschrieben. Für die Putzfirma arbeitete er seit sechs Wochen. Sein Chef war mit ihm zufrieden gewesen. Die Arbeitskollegen konnten nicht mehr über ihn sagen, als daß er freundlich, fleißig und hilfsbereit gewesen war.

Plaschek machte einen Bruder ausfindig, der bereits seit fünf Jahren in Österreich lebte. Der Bruder hatte Dubic zuletzt am fünfzehnten September gesehen, als er bei dessen Familie zum Essen eingeladen war.
Die Lokale in der Nähe seiner Wohnung hatte Dubic nur hin und wieder frequentiert. Er war dabei immer alleine gewesen, hatte ein Bier oder zwei getrunken und war wieder gegangen.
Pirker klapperte mit Dubics Foto das Praterviertel ab, in der Hoffnung, daß er vielleicht die Vergnügungslokale im Wurstelprater besucht hatte. Aber auch dort konnte sich keiner an das Gesicht erinnern.
Als das Wochenende kam, war der Mord an Mirko Dubic immer noch rätselhaft. Es ließ sich weder eine Verbindung zu Evelyn Rambausek noch zu einer der anderen toten Frauen konstruieren.
Die Theorie, daß Dubic vielleicht den Mörder von Evelyn Rambausek beobachtet haben könnte und deshalb sterben mußte, fiel endgültig in sich zusammen, als der Bericht des Gerichtsmediziners eintraf. Dubic war Freitag nacht zwischen zehn und zwei Uhr morgens getötet worden. Zu dem Zeitpunkt, als Evelyn Rambausek ihrem Mörder begegnete, war er bereits achtundvierzig Stunden tot.
Da sie für den Mordfall Dubic alle ihre Leute brauchte und das Betrugsreferat die beiden ausgeliehenen Beamten wieder zurückforderte, mußte Marlies auch die Überwachung von Gottfried Feuchtwanger aufgeben.
Aber sie fuhr jeden Abend nach Dienstschluß auf eigene Faust zu seiner Wohnung, wartete, bis er das Haus verließ, und folgte ihm auf seinen Steifzügen quer durch die Stadt.

Sie wußte, daß sie das nicht lange durchhalten konnte. Sie kam keine Nacht vor ein, zwei Uhr ins Bett. Aber das Gefühl, in einer Sackgasse zu stecken und nicht zu wissen, wie sie wieder herauskommen sollte, frustrierte sie mehr als irgend etwas sonst.
Sie war sicher, mit Feuchtwanger auf der richtigen Spur zu sein.
Aber irgendein nagender Zweifel in ihrem Hinterkopf sagte ihr, daß alles falsch war.
Daß sie das Pferd von Anfang an verkehrt aufgezäumt hatte.
Sie wußte nur nicht, wie sie es richtig machen sollte.
Und wenn sie abends nicht zu Hause war, konnten zumindest Frau Dr. Becker oder ihre Mutter nicht anrufen und sie mit Ansprüchen bombardieren.
Am Samstag begann Marlies ihre Überwachung von Gottfried Feuchtwanger schon am frühen Nachmittag. Sie parkte in einer Seitenstraße des Margaretengürtels, von wo aus sie die Haustüre von Nummer siebzehn beobachten konnte, und wartete, bis Johnny das Haus verließ.
Als erstes folgte sie ihm zu einem Spielsalon in der Nähe des Westbahnhofs, den er aber schon nach kurzer Zeit wieder verließ.
Danach traf er sich mit zwei dubios aussehenden Männern in einem Hinterhof in der Neustiftgasse. Die beiden Männer waren groß, korpulent und trugen dunkle Sonnenbrillen. Feuchtwanger sah neben ihnen wie ein Schuljunge aus.
Die drei debattierten eine Weile, dann trennten sie sich mit Handschlag, und Feuchtwanger fuhr weiter ins *Eldorado*, wo er wie jeden Abend mit Freunden Karten spielte.

Marlies saß inzwischen frierend in ihrem Wagen und wärmte sich mit Kaffee aus der Thermosflasche.
Je länger sie Feuchtwanger beobachtete, desto mehr war sie von dem Gedanken besessen, ihn dingfest zu machen.
Es war eine merkwürdige Faszination, die diese Observierung auf sie ausübte. Die Faszination des Jägers und seiner Beute. Aber die Rollen in dem Spiel waren nicht klar verteilt.
Marlies wußte, daß sie sich erst dann wieder frei fühlen würde, wenn Feuchtwanger das *nicht* mehr war.
Am Sonntag mußte sie die Jagd gegen Mitternacht aufgeben. Sie hatte am Montag früh wegen des Falles Dubic einen Termin im Innenministerium, für den sie einigermaßen ausgeschlafen sein mußte.
Gegen halb zwei Uhr morgens läutete ihr Telefon. Eine männliche Stimme mit einem starken ausländischen Akzent fragte: »Sie sind Frau Inspektor? Ich rufe an wegen Mord von Mirko Dubic.«
Marlies setzte sich im Bett auf.
»Ja?« sagte sie. »Was wissen Sie darüber?«
»Ich weiß, wer getan hat Mord.«
»Wer?«
In der Leitung herrschte einen Augenblick Stille. Dann sagte die Stimme: »Ich kann nur sagen Namen. Mehr nicht. Alles andere – ich sage schon zuviel.«
»Wer ist es? Wie lautet der Name?«
Sie konnte den Atem des Mannes hören. Daran merkte sie, daß er immer noch dran war. Schließlich sagte er: »Der Name von Mörder ist Mohammed Ferati. Das ist alles, was ich sage.«
»Wer …«, rief Marlies. Aber der Anrufer hatte bereits aufgelegt.

Sie war am nächsten Morgen schon um sieben Uhr im Büro und fragte am Zentralcomputer wegen Ferati an. Kurz nach acht ging plötzlich ihre Bürotüre auf, und zwei Männer in Hüten und dunklen Mänteln kamen herein.
»Frau Magister Mittermann?« fragte einer der beiden Männer. Er wies eine Dienstmarke vor. »Scholl. Staatspolizei. Ich muß Sie bitten, uns alle Unterlagen über den Fall Dubic auszuhändigen.«
»Und warum?« fragte Marlies.
»Ich kann Sie durch eine richterliche Entscheidung auch dazu zwingen«, sagte der Mann. »Das dauert nur ein bißchen länger.«
»Der Fall Dubic wird von mir untersucht. Was hat die Staatspolizei damit zu tun?«
»Bitte, machen Sie uns keine Schwierigkeiten«, sagte Scholl.
Marlies griff zum Telefon. »Ich rufe meinen Chef an«, erklärte sie.
»Bitte, tun Sie das.«
»Ich wurde bereits darüber informiert«, sagte Wagreiter, als Marlies ihm von den beiden Männern erzählte. »Die Anweisung kommt direkt vom Innenministerium. Das Ganze hat schon seine Richtigkeit.«
»Aber warum? Was...«
»Es geht um die innere Sicherheit Österreichs«, unterbrach Wagreiter sie. »Wollen Sie das in Zweifel ziehen? Händigen Sie die Unterlagen aus und vergessen Sie, daß es diesen Dubic gegeben hat.«
Er legte auf.
»Was hat er gesagt?« fragte Scholl.
Marlies suchte nach der Akte und allen relevanten Papieren und reichte sie ihm wortlos.

»Vielen Dank, Frau Magister«, sagte Scholl.
Sobald er und sein Begleiter weg waren, lief Marlies zu ihrem Wagen und fuhr zu ihrem Termin ins Innenministerium. Der Beamte machte ein erschrockenes Gesicht, als sie sein Büro betrat.
»Frau – Magister. Sie – äh, es tut mir furchtbar leid, aber ich muß gleich ...«
»Was geht hier vor?« fragte Marlies. »Ich verlasse dieses Büro nicht ohne ein paar Antworten. Was hat die Staatspolizei mit dem Fall Dubic zu tun?«
»Das ist – das unterliegt der Sicherheitsstufe«, sagte der Beamte. »Darüber kann ich Ihnen leider keine Auskunft geben.«
Marlies starrte ihn an. Sie war wütend genug, um handgreiflich zu werden. Aber das brachte sie nicht weiter. Nicht in diesem Fall. Sie machte auf dem Absatz kehrt und stürmte aus dem Büro.
Zwei Stockwerke höher saß ihr Vater.
»Ist mein Vater da?« fragte Marlies, als sie die Vorzimmertür öffnete. Sie wartete weder auf eine Antwort der Sekretärin, noch ließ sie sich durch den Sicherheitsbeamten bremsen, der einen unsicheren Schritt auf sie zu machte.
Ihr Vater war allein in seinem Büro.
»Ich brauche ein paar Informationen«, sagte Marlies. »Und du bist der einzige, der sie mir beschaffen kann.«
»So plötzlich?« fragte ihr Vater mit leiser Ironie in der Stimme.
»So plötzlich«, bestätigte Marlies. »Mir wurde ein Fall entzogen. Von der österreichischen Staatspolizei. Und ich will wissen, warum.«
»Bitte sehr. Ich werde sehen, was ich tun kann.« Ihr Vater griff zum Telefon. »Worum geht es?«

»Um einen Mordfall. Ein Ausländer namens Mirko Dubic.«
Ihr Vater sprach etwa eine Viertelstunde am Telefon. Schließlich legte er auf.
»Du hast dich nach einem Mann namens Mohammed Ferati erkundigt«, sagte er.
»Ja. Was hat das damit zu tun?«
»Ferati wird von der Staatspolizei überwacht. Er gehört einer radikalen politischen Gruppierung an, die möglicherweise in Österreich Anschläge plant. Die Staatspolizei will verhindern, daß er durch irgend etwas aufgeschreckt wird, solange keine konkreten Beweise gegen ihn vorliegen.«
»Und Dubic?«
»Dubic hat für die Staatspolizei als Spitzel gearbeitet. Ferati – wurde wohl mißtrauisch. Die Staatspolizei hat die Sache im Griff.«
»Ach, wirklich?« meinte Marlies.
»Dieses Gespräch hat nie stattgefunden«, sagte ihr Vater. »Du weißt weder etwas über Dubic noch über Ferati. Kann ich mich darauf verlassen?«
Marlies zögerte einen Augenblick. Dann seufzte sie. »Ja. Ja, natürlich.«
Sie stand auf.
»Danke«, sagte sie.
Sie fühlte sich müde, als sie das Innenministerium verließ. Müde und frustriert. Den Fall Dubic konnte sie also auch von ihrer Liste streichen. Damit blieb nur noch eine Spur übrig.
»Wir holen uns Feuchtwanger«, sagte Marlies, als sie zurück ins Sicherheitsbüro kam.
»Jetzt gleich?« fragte Pirker.
»Jetzt gleich.«

»Warum?« wollte Helmut wissen. »Wieso die plötzliche Eile?«
»Weil ich es so will«, sagte Marlies. »Darum.«
Sie hatte keine Lust mehr, zu diskutieren oder irgend etwas zu bereden. Sie wollte endlich diesen Fall klären. Ein für allemal.
Pirker und Plaschek fuhren los.
Marlies und Helmut gingen inzwischen in die Kantine etwas essen. Als sie sich mit ihren Tabletts an einen der Tische setzten, sagte Helmut plötzlich: »Wir haben am vierten November einen Gerichtstermin.«
»Wie? O – ja«, erwiderte Marlies.
Das mußte der eingeschriebene Brief sein, den sie seit Freitag von der Post abholen sollte.
Sie war noch nicht dazu gekommen.
Es gab zu viel anderes zu tun.
Sie wünschte manchmal, sie hätte diese Scheidung nie angefangen, die ständig am Rand ihrer Aufmerksamkeit herumspukte und sie belästigte. Die ständig Entscheidungen und Erklärungen von ihr verlangte, wenn sie einfach nur ihre Ruhe haben wollte.
Das einzige, was sie an der Situation genoß, war die Ungebundenheit, die sie zum ersten Mal seit langer Zeit wieder verspürte. Das Gefühl, für niemanden mehr verantwortlich und niemandem verpflichtet zu sein.
Wenn sie abends nach Hause kam, kickte sie einfach ihre Schuhe in die Ecke, ließ sich in das nächste Fauteuil fallen und schaltete den Fernseher ein, ohne darüber nachdenken zu müssen, was sie zum Abendessen kochen sollte oder ob Helmuts blaues Hemd schon gebügelt war.
»Es tut mir leid«, sagte Helmut plötzlich. »Wegen der

Ohrfeige damals. Ich wollte das nicht. Es war einfach...«

»Ist schon gut«, sagte Marlies.

»Wir haben uns einfach nicht genug bemüht. Eine Ehe ist etwas Heiliges.«

»Ist sie nicht«, widersprach Marlies. »Zwei Menschen versuchen, zusammen zu leben. Hin und wieder klappt es, hin und wieder nicht. Das ist alles.«

»Trotzdem«, sagte Helmut. »Es war meine Schuld. Ich war zu sehr mit meinen eigenen Problemen beschäftigt. Ich habe dich allein gelassen, in jeder Beziehung. Das hätte ich nicht tun dürfen. Ich würde gerne ...«

»Warum wollen wir das alles nicht vergessen? Wir fangen beide ein neues Leben an. Und wir ...«, Marlies versuchte zu lächeln, »... wir sind immer noch ein gutes Team.«

»Ja, du hast recht«, sagte Helmut. Er sah sie mit einem nachdenklichen Blick an. »Wir werden ein neues Leben anfangen. Ein ganz neues Leben.«

Als sie vom Essen zurückkamen, saß Feuchtwanger schon im Vernehmungszimmer.

Marlies suchte ihre Unterlagen zusammen. Sie fuhr sich mit dem Kamm durch die Haare und atmete tief durch.

»Also«, sagte sie. »Auf geht's.«

Feuchtwanger drehte sich um, als sie hereinkamen.

»Was soll das?« fragte er ärgerlich. »Was wollt ihr schon wieder von mir?«

Marlies nahm ihm gegenüber Platz. Die drei Männer verteilten sich im Raum. Helmut stand mit dem Rücken zum Fenster, Plaschek lehnte an der Tür, Pirker stemmte sich mit dem Arm gegen die Wand.

»Ich fürchte, es sieht nicht gut für dich aus, Johnny«, sagte Marlies. »Wir alle hier glauben nämlich, daß du Evelyn Rambausek umgebracht hast.«

»Ihr seid ja verrückt! Warum sollte ich denn das tun? Ich habe die Evelyn geliebt. Ich war mit ihr verlobt.«
»Wir wissen, daß du sie geschlagen und bedroht hast. Nennst du das Liebe?«
»Wer sagt das?«
»Eine Zeugin.«
»Die möchte ich sehen, die Zeugin«, höhnte Feuchtwanger.
»Es genügt, wenn wir sie gesehen haben«, sagte Marlies. »Mach dir darüber nur keine Sorgen.«
Ihr Gegenüber rutschte unruhig auf seinem Sessel herum. »Vielleicht gab es hin und wieder eine kleine Reiberei. Na wenn schon. Das beweist noch lange nicht, daß ich sie umgebracht habe.«
»Aber komisch ist es schon«, meinte Helmut, »daß alle Mädchen, mit denen du Meinungsverschiedenheiten hattest, jetzt tot sind.«
»Was für Mädchen? Was soll denn das schon wieder heißen?«
»Das soll heißen, daß wir über dich und Martina Stoisits Bescheid wissen«, sagte Plaschek. »Du hast ihr gedroht. Auch dafür gibt's einen Zeugen.«
»Das? Das war doch ganz harmlos«, behauptete Feuchtwanger. »Deshalb bringt man doch niemanden um.«
»Vielleicht hat die Martina dich geärgert«, vermutete Helmut. »So geärgert, daß dir alles egal war.«
Feuchtwanger sah ihn an. »So verrückt bin ich nicht«, sagte er. »Ich weiß, was auf Mord steht. Wegen so einer Sache werde ich doch nicht lebenslänglich riskieren.«
»Vielleicht ging es ja auch um ganz etwas anderes«, meinte Marlies. »Vielleicht hast du Angst um deine Position gehabt. Die Konkurrenz schläft nicht.«

»Und deshalb bringe ich meine Verlobte um?«
»Die ein Kind erwartet hat«, sagte Plaschek. »Das wäre nicht sehr günstig für dich gewesen.«
»Davon habe ich nichts gewußt«, erklärte Feuchtwanger.
»Vielleicht hast du von der Abtreibung nichts gewußt. Aber daß deine Verlobte schwanger war, muß dir doch aufgefallen sein!«
»Ich habe nichts gewußt«, wiederholte Feuchtwanger ärgerlich.
»Wo warst du am Abend des sechzehnten September dieses Jahres?« fragte Marlies.
»Am sechzehnten? Du meine Güte, woher soll ich das denn noch wissen? Das – nein, warten Sie mal. Das weiß ich sogar. Wissen Sie, warum? Weil das der Geburtstag von der Evelyn war. Da haben wir gefeiert.«
»Wo?«
»Im *Eldorado.* Mit Freunden.«
»Wie lange?«
»Weiß ich nicht mehr. Nicht so lange. Bis elf, halb zwölf, glaube ich.«
»Und dann?«
»Was dann? Dann sind wir nach Hause gefahren.«
»Nur die Evelyn und du?«
»Zwei Leute, die sich mögen, sind ganz gerne mal allein«, sagte Feuchtwanger.
»Wir sind zu Tränen gerührt«, erwiderte Marlies. »Unangenehm für dich ist nur, daß Martina Stoisits in der Nacht vom sechzehnten auf den siebzehnten September zwischen Mitternacht und halb ein Uhr morgens ermordet wurde.«
»Und du hast kein Alibi für die Zeit«, ergänzte Helmut.

»Weil die einzige, die dir ein Alibi geben könnte, tot ist«, sagte Plaschek.
Feuchtwanger sah von einem zum anderen. »Mir könnt ihr das nicht anhängen«, sagte er. »Ich habe die zwei nicht umgebracht. Und das ist alles, was ihr aus mir herausbekommt.«

13

Sie legten gegen fünf eine Pause ein, um Kaffee zu trinken, sich frisch zu machen und die Beine zu vertreten.

Sie hatten vor Feuchtwanger immer wieder die Fakten ausgebreitet, die sie kannten: Evelyns Abtreibung, seine Verbindung zu Martina Stoisits, die fehlenden Alibis. Aber Feuchtwangers Antwort blieb immer gleich: »Ich habe es nicht getan. Ich habe niemanden umgebracht.«

»Wir wissen von Evelyn Rambausek, daß sie Martina Stoisits in der Nacht, in der diese ermordert wurde, gesehen hat«, erklärte Marlies, während sie vor dem Vernehmungszimmer herumstanden. »Das muß auf dem Heimweg von Evelyns Geburtstagsparty gewesen sein. Also hat auch Feuchtwanger Martina gesehen. Das ist doch was.«

»Aber du kannst dich dabei nur auf die Aussage einer Toten stützen«, warf Helmut ein. »Wenn wir den schönen Johnny überführen wollen, brauchen wir schon etwas Handfesteres. Vielleicht sollte ich mich mal in seiner Wohnung umsehen. Wer weiß. Vielleicht finde ich eine Spur.«

»Warum nicht. Schaden kann es nicht«, meinte Marlies. Sie wandte sich an Pirker und Plaschek. »Also schön, gehen wir wieder hinein.«

Helmut rief gegen sieben an, um zu sagen, daß er in Feuchtwangers Wohnung nichts entdeckt habe.

»Evelyns Sachen hat er alle schon rausgeworfen. Offen-

sichtlich hält er nicht viel von Sentimentalität. Wie sieht's bei euch aus?«
»Noch nichts bis jetzt. Wir treten immer noch auf derselben Stelle«, erwiderte Marlies.
»Brauchst du mich heute abend noch? Ich habe eine Verabredung, und wenn ich nicht unbedingt...«
Marlies spürte einen Stich, als sie an die dunkelhaarige Lolita in Helmuts Armen dachte.
»Nein«, sagte sie. »Natürlich nicht. Du kannst ruhig Schluß machen. Wir kommen schon alleine zurecht.«
Um acht rief Hofrat Wagreiter an.
»Es tut mir leid«, sagte Marlies. »Bis jetzt gibt es noch kein Ergebnis.«
»Was ist mit den Indizien, von denen Sie gesprochen haben?«
»Wenn er kein Geständnis ablegt, kommen wir damit nicht sehr weit«, erklärte Marlies.
»Hm«, machte Hofrat Wagreiter und legte auf.
Um elf schickte Marlies Feuchtwanger nach Hause. Solange er die Morde weiter leugnete und solange sie keine stichhaltigen Beweise vorlegen konnten, hatte ein Verhör keinen Sinn.
»Den Versuch war es wert«, meinte Plaschek, als er mit Pirker das Büro verließ. »Wir kriegen ihn schon.«
»Ja«, sagte Marlies.
Sie wartete, bis die anderen weg waren, bevor sie selbst ging. Sie hatte diese Runde verloren, das wußte sie. Aber was noch schlimmer war, sie begann immer mehr daran zu zweifeln, daß sie auf der richtigen Spur war.
Die Puzzlestücke paßten alle zusammen. Eins fügte sich ins andere. Sie hatte Feuchtwanger, sie hatte die toten Mädchen, die er beide kannte, sie hatte Roswitha Steiners Aussage.

Aber das Bild, das herauskam, wenn sie die Teile aneinanderlegte, ergab keinen Sinn. Es war verzerrt und unwirklich wie ein schlechtes Foto. Nichts war darauf zu erkennen.
Nichts, was irgend etwas erklärt hätte.
Es nieselte, als sie auf die Straße trat. Sie hatte ihren Wagen vor dem Sicherheitsbüro abgestellt, aber eigentlich wollte sie noch nicht nach Hause. Obwohl sie müde war, wußte sie, daß sie doch nicht würde schlafen können.
Sie schlenderte vor zum Ring und suchte ein Lokal, um noch etwas zu trinken. Als sie sich mit einem Bier an einen der Tische setzte, sagte plötzlich eine Stimme:
»Und ich dachte immer, ich wäre der letzte, der nach Hause geht.«
Marlies sah zu Walter Nemeth auf. »Es gibt Tage, da wünschte ich, ich wäre nie aus dem Haus gegangen«, erklärte sie. »Heute ist so einer.«
Nemeth setzte sich zu ihr. »Ihr habt euch Gottfried Feuchtwanger geholt, ja?«
»Und vor einer halben Stunde wieder laufengelassen.«
»Du darfst das nicht so persönlich nehmen«, sagte Nemeth. »Morde passieren immer wieder. Das ist der Lauf der Welt. Du kannst das nicht verhindern.«
»Warum mache ich es dann? Wenn ich doch nichts ändern kann?«
»Weil man von irgendwas leben muß«, meinte Nemeth. »Willst du noch was trinken? Ich lade dich ein.«
Marlies schüttelte den Kopf. »Nein. Nein, danke. Ich muß ...«
Aber eigentlich mußte sie nicht wirklich irgend etwas. Sie sah Nemeth an. Er war Mitte vierzig, seit zwei Jahren geschieden. Seine Frau hatte wieder geheiratet

und war mit ihrem neuen Mann und den beiden Töchtern nach Kanada gegangen.
Nemeth vermißte die Kinder. Und vielleicht auch seine Frau. Männer schienen mit dem Alleinsein schlechter zurechtzukommen als Frauen.
Aber einfach war es für niemanden. Besonders nicht an einem Abend wie diesem. Und sie fragte sich, ob es das alles wirklich wert war.
Keine Familie zu haben.
Kein Zuhause.
Keine Freunde.
Tagein, tagaus mit Dieben und Mördern zu verkehren. Mit Gaunern und Betrügern.
Aber die Frage stand nicht wirklich zur Debatte. Sie hatte damit angefangen. Und irgendwann würde es zu Ende sein. In der Zwischenzeit konnte sie nur weitermachen. Irgendwie.
Sie zuckte die Achseln. »Warum nicht?« meinte sie. »Der Abend hat ja gerade erst angefangen.«
Nemeth lächelte erfreut und winkte dem Kellner. »Zwei Bier«, rief er.
Offensichtlich konnte er auch nicht schlafen.
Von dem Mord an Roswitha Steiner erfuhr Marlies erst am späten Dienstag nachmittag.
Der Fall wurde zuerst von der Polizei in Wiener Neustadt untersucht, dann an die niederösterreichische Kriminalpolizei weitergeleitet, die beim Sittenreferat in Wien wegen Roswitha Steiners Vergangenheit nachfragte.
Irgend jemand im Sittenreferat kam schließlich auf die Idee, die Mordgruppe von Marlies Mittermann einzuschalten, die ähnliche Fälle von Prostituiertenmorden in Wien bearbeitete.

Trotzdem war es nach sieben Uhr, als Marlies schließlich in Wiener Neustadt ankam. Durch einen Unfall auf der Südautobahn hatte die Fahrt fast zwei Stunden gedauert.
Wanda Wallisch war Anfang vierzig, korpulent und mit grauen Strähnen in den Haaren, die sie zu einem dicken Zopf geflochten trug. Sie rauchte Zigaretten mit einer fast dreißig Zentimeter langen Spitze.
»Ich kann Ihnen wirklich nichts sagen«, erklärte sie. »Ich habe in meinem Atelier gearbeitet. Es ist unter dem Dach, im zweiten Stock. Außerdem hatte ich Musik laufen. Ich brauche zur Arbeit laute Musik. Sie dient mir als Inspiration.«
»Wann haben Sie Ihre Schwester gefunden?« fragte Marlies.
»Als ich zu arbeiten aufhörte. Das war gegen drei Uhr früh. Ich arbeite oft die ganze Nacht durch. Nachts ist meine kreativste Zeit. Aber natürlich läßt sich das nicht generalisieren. Die kreativen Energien kommen und gehen ohne mein Zutun. Ein Künstler unterliegt da völlig den kosmischen Einflüssen.«
»Und Roswitha lag hier im Wohnzimmer?« fragte Helmut.
»Ja. Ich wollte eigentlich gleich schlafen gehen, aber dann sah ich, daß im Erdgeschoß noch Licht brennt. Roswitha hat immer vergessen, es abzudrehen. Ich bin also runtergegangen, und dann habe ich bemerkt, daß im Wohnzimmer auch noch Licht brennt. Und wie ich hineingehe ...« Frau Wallisch machte eine bedeutsame Geste. »... da liegt sie.«
»Sie lag mit dem Gesicht nach unten auf dem Boden. Kehle durchgeschnitten«, sagte Oberleutnant Korn von der niederösterreichischen Kriminalpolizei. »Das Zim-

mer war so, wie Sie es jetzt sehen. Es hat keinen Kampf gegeben. Vermutlich hat er sie von hinten gepackt und zugeschlagen, bevor sie sich wehren konnte.«
»Was ist mit dem Türschloß?« fragte Marlies.
»Unversehrt. Auch die Fenster waren alle verschlossen. Wir tippen, daß sie ihn selbst hereingelassen hat.«
»Das heißt, daß sie ihn gekannt haben muß«, sagte Marlies.
»Ist anzunehmen«, bestätigte Korn.
Marlies sah sich in dem altmodisch eingerichteten Wohnzimmer um. Auf dem Boden war die Stellung eingezeichnet, in der man die Leiche aufgefunden hatte. Der Teppich war dunkel verfärbt.
Ihre einzige Zeugin war tot. Und ihr einziger Tatverdächtiger kam für den Mord voraussichtlich nicht in Frage.
»Wir haben, wie gesagt, die Nachbarn befragt«, wiederholte Korn, was er ihr schon bei ihrer Ankunft erzählt hatte. »Eine ältere Frau will kurz vor halb elf Uhr einen dunklen Wagen vor dem Haus bemerkt haben. Eine Person – ob männlich oder weiblich, kann sie nicht sagen – ist zur Haustür gegangen.«
»Ich habe nichts gehört«, erklärte Wanda Wallisch. »Aber wenn ich den kreativen kosmischen Einflüssen unterliege, gehe ich ganz in meiner Arbeit auf. Dann könnte neben mir eine Bombe explodieren, und ich würde es nicht merken.«
»Der Polizeiarzt schätzt die Tatzeit auf zwischen zweiundzwanzig Uhr und Mitternacht«, sagte Korn. »Sobald der Bericht von der Gerichtsmedizin vorliegt, wissen wir es ganz genau.«
Marlies schwieg auf dem Weg zurück nach Wien, und Helmut stellte ihr glücklicherweise keine Fragen.

Gottfried Feuchtwanger war Montag nacht bis elf Uhr im Sicherheitsbüro gewesen. Selbst wenn er sich danach sofort in einen Wagen gesetzt hatte und nach Wiener Neustadt gefahren war, konnte er nicht der Mann im dunklen Pkw sein.
Derselbe Pkw, der auch schon im Zusammenhang mit dem Mord an Evelyn Rambausek aufgetaucht war.
Ich habe irgend etwas übersehen, dachte Marlies.
Es gibt einen Zusammenhang.
Aber ich weiß einfach nicht, welchen.
Sie ließ sich von Helmut vor ihrer Wohnung absetzen und ging sofort ins Bett.
Ich hasse diesen Fall, dachte sie, bevor sie einschlief.
Beim Frühstück am nächsten Morgen überlegte sie, wer für den Mord an Roswitha Steiner in Frage kam.
Angeblich hatte niemand außer ihr gewußt, daß Roswitha sich bei ihrer Schwester in Wiener Neustadt versteckt hielt.
Aber Marlies wußte natürlich, was derartige Geheimnisse wert waren.
Man konnte zumindest davon ausgehen, daß Roswitha sich ihrem Catcher-Freund anvertraut hatte.
Damit war der nächste Schritt klar.
In einem Fall, in dem nichts sonst klar war, stellte das schon einen Lichtblick dar.
Sobald Marlies ins Sicherheitsbüro kam, fuhr die ganze Mannschaft zum Catcherzentrum am Wiener Heumarkt. Die Veranstaltungshalle war noch geschlossen, aber eine Putzfrau öffnete ihnen die Türe. Marlies zeigte ihre Dienstmarke und ließ sich zum Manager bringen.
»Ich weiß schon, warum Sie da sind«, sagte er, als sie sein Büro betraten. »Es ist wegen der Freundin von dem Gernot, die umgebracht wurde. Ein Wahnsinn ist das.

Aber was will man machen. Das Leben muß weitergehen, habe ich nicht recht?«
»Wer ist der Catcher, der mit Roswitha Steiner befreundet war?« fragte Marlies.
»Der Gernot. Gernot Blaha. Das Ungeheuer vom Heumarkt. Das ist sein Künstlername. Er tritt mit dieser Maske auf, die ...«
»Wo kann ich diesen Gernot Blaha finden?« unterbrach ihn Marlies.
»Der ist zu Hause. Na klar auch, wenn seine Freundin – ich habe ihm für den Rest der Woche freigegeben, man ist ja kein Unmensch.«
»Wie lautet seine Adresse?«
»Irgendwas im zwölften Bezirk. Warten Sie, ich suche sie Ihnen heraus.«
Gernot Blaha öffnete sofort, als sie klingelten.
»Sind Sie von der Polizei?« fragte er. »Ich habe schon überlegt, ob ich selber zu Ihnen gehen soll, aber dann dachte ich – Sie finden mich schon, wenn Sie mich brauchen.«
Er führte sie in die Wohnung. Sie war klein und unaufgeräumt. Der Fernseher lief. Blaha drehte ihn ab.
»Wissen Sie schon was? Wer das getan hat, mit der Roswitha, meine ich.« Er schüttelte den Kopf. »Ich hab die ganze Nacht nicht schlafen können vor lauter – ich kann's irgendwie noch gar nicht glauben.«
Blaha war Ende zwanzig, ein wuchtiger, muskel- und fettbepackter Koloß. Marlies hatte das merkwürdige Gefühl, ihn irgendwann schon einmal gesehen zu haben.
»Sie wußten, daß Roswitha sich vorübergehend bei ihrer Schwester aufhielt?« fragte Marlies.
»Ja, natürlich. Sie hat sich gefürchtet vor diesem Kerl,

für den sie früher einmal gearbeitet hat. Ich habe ihr immer gesagt, wenn ich dabei bin, braucht sie keine Angst zu haben. Schon gar nicht vor so einem Bürscherl. Aber sie hat immer gesagt, nein, nein, sie fühlt sich erst sicher, wenn er hinter Schloß und Riegel sitzt. Sie hat gedacht, bei ihrer Schwester findet er sie nicht.«

»Offensichtlich hat sie doch jemand gefunden«, sagte Marlies. »Hat noch jemand davon gewußt? Daß sie zu ihrer Schwester wollte? Haben Sie es irgend jemandem erzählt?«

»Nein. Es sollte doch geheim bleiben«, antwortete Blaha.

»Wo waren Sie Montag nacht? Gegen zehn Uhr dreißig?« fragte Marlies.

Blaha starrte sie verständnislos an. »Am Montag? Da war ich am Heumarkt. Hab gecatcht.«

»Wie lange?«

»Ich war um neun dran. So bis gegen zehn ungefähr.«

»Kann das jemand bezeugen?«

»Ja, sicher. Alle, die dort waren. Und im Programm steht es auch.«

»Und danach?« fragte Marlies.

»Danach bin ich nach Hause gefahren. Ich hab noch mit der Roswitha telefoniert. Aber sie hat plötzlich gesagt, sie muß Schluß machen, weil es an der Tür läutet. Und das war das letzte, was ...« Blaha wischte sich die Augen.

Er sah nicht wie ein Mörder aus.

Er sah nicht einmal wie das Gegenteil eines Mörders aus.

Aber er war ihr einziger Verdächtiger.

»Ich muß Sie bitten, mit ins Sicherheitsbüro zu kom-

men«, sagte Marlies. »Wir möchten Ihnen noch ein paar Fragen stellen.«
»Ja, sicher. Natürlich«, erklärte Blaha bereitwillig.
Er schien keine Ahnung zu haben, was eigentlich vor sich ging. Entweder er war ein begnadeter Schauspieler. Oder er war unschuldig.
Sie fuhren mit zwei Wagen zurück. Blaha saß mit Plaschek auf dem Rücksitz von Helmuts Ford Sierra. Marlies ließ sich von Pirker chauffieren.
Rein theoretisch kam Blaha durchaus für den Mord in Frage. Er hatte die Gelegenheit dazu gehabt; er wußte, wo Roswitha Steiner sich versteckt hielt, und er konnte nach seinem Auftritt am Heumarkt mit etwas Glück bis halb elf in Wiener Neustadt sein.
Er hatte alles.
Nur kein Motiv.
Gottfried Feuchtwanger dagegen hatte ein einleuchtendes Motiv.
Roswitha Steiner war seine einzige Belastungszeugin, wenn er wirklich für die Morde an Martina Stoisits und Evelyn Rambausek verantwortlich war.
Aber er hatte keine Gelegenheit gehabt, Roswitha zu töten.
Vor dem Sicherheitsbüro stieg Marlies seufzend aus dem Wagen. Plaschek führte Blaha eben zum Eingang. Und plötzlich, aus der Entfernung, wußte Marlies, woher sie Gernot Blaha kannte.
Er war einer der beiden dubios aussehenden Männer, mit denen Gottfried Feuchtwanger sich am Samstag nachmittag getroffen hatte, als Marlies ihn – privat – verfolgte.
»Rauf mit ihm. Ins Vernehmungszimmer«, rief sie Plaschek zu.

Jetzt endlich hatte sie die Verbindung, nach der sie immer gesucht hatte.
Jetzt endlich begannen die Dinge, ins richtige Licht zu rücken.
Das Puzzle löste sich auf.

14

Marlies eilte in Hofrat Wagreiters Büro.
»Ich habe Sie schon gesucht«, erklärte ihr Chef, bevor sie dazu kam, selbst etwas zu sagen. »Dr. Bösch hat sein Gutachten vorgelegt. Ich habe für den Freitag eine Pressekonferenz einberufen. Bis dahin wird auch der Bericht der Horvath-Kommission vorliegen. Ich weiß natürlich schon, was drinnen steht. Sie brauchen sich also keine Sorgen zu machen.«
»Ich glaube, ich stehe unmittelbar vor der Klärung des Mordfalles Evelyn Rambausek«, sagte Marlies.
»Gut. Gut«, meinte Hofrat Wagreiter. »Wer ist Evelyn Rambausek?«
»Sie war die letzte Tote in der Baustellenserie. Die vorletzte Tote, genaugenommen. Es gab einen weiteren Mord in Wiener Neustadt, der mit unserem Fall in unmittelbarem Zusammenhang steht.«
»Haben wir den Täter schon?«
»Wir haben ihn noch nicht in Polizeigewahrsam. Aber wir wissen, wer er ist. Ich muß noch ein paar offene Fragen klären. Dann holen wir ihn uns.«
»Gut. Sehr gut«, sagte Hofrat Wagreiter. »Vielleicht sind Sie bis Freitag soweit, den Fall abschließen zu können. Dann könnten wir das alles zusammen auf der Pressekonferenz präsentieren: das Bösch-Gutachten, den Horvath-Bericht *und* den Mörder. Das würde den Journalisten endlich einmal die Sprache verschlagen.«
»Ich werde mich bemühen«, erklärte Marlies.

»Tun Sie das, Mittermann. Tun Sie das.«
Das Telefon läutete, als Marlies ihr Büro betrat. Es war Dr. Becker.
»Marlies, ich *muß* Sie sprechen. Wir haben am vierten November einen Termin vor Gericht, und wir haben noch keinen einzigen der strittigen Punkte besprochen. Ich *kann* so nicht arbeiten.«
»Ich kann jetzt nicht«, sagte Marlies. »Ich stecke mitten in einem Fall. Ich kann nicht.«
»Vielleicht sollten Sie sich lieber einen anderen Anwalt suchen …« schlug Dr. Becker beleidigt vor.
»Ich melde mich, sobald ich etwas mehr Luft habe. Bald. So bald wie möglich. Das verspreche ich. Nur jetzt gerade ist es unmöglich. Es tut mir leid. Ich muß jetzt – ich muß zum Verhör. Es tut mir leid.«
Sie legte auf, bevor Dr. Becker etwas darauf erwidern konnte.
Sie konnte jetzt nicht an die Scheidung denken. Sie mußte sich konzentrieren.
Sie war so nahe dran.
Sie rief die Zulassungsstelle an, um zu erfahren, was für einen Wagen Blaha fuhr. Die Auskunft dauerte ein paar Minuten. In der Zwischenzeit ging sie noch einmal ihren Bericht über das Gespräch mit Roswitha Steiner durch.
Helmut kam im selben Augenblick ins Büro, als das Telefon läutete.
Das Amt teilte ihr mit, daß auf Blahas Namen ein weißer Opel Vectra zugelassen war, Baujahr 91.
»Danke«, sagte Marlies.
Aber dann würde der Mörder wohl kaum mit seinem eigenen Wagen nach Niederösterreich fahren.
»Blaha sitzt drüben«, erklärte Helmut. »Er wird schon

langsam etwas nervös. Was ist los? Warum plötzlich die Eile?«

»Weil ich Gernot Blaha voriges Wochenende zufällig beobachtet habe«, sagte Marlies. Sie packte ihre Unterlagen zusammen. »Und zwar bei einem vertraulichen Gespräch mit Gottfried Feuchtwanger. Was sagst du nun?«

»Blaha und der schöne Johnny? Schau, schau, wer hätte das gedacht.« Helmut lächelte gedankenverloren. Sein Blick war auf das Fenster hinter ihrem Rücken gerichtet.

Er schien sehr weit weg zu sein, und gleichzeitig unfaßbar nahe. So, als bräuchte sie nur ihre Hand nach ihm auszustrecken, und alles wäre wieder so, wie es war.

Warum habe ich plötzlich dieses Gefühl, ihn zu brauchen? dachte Marlies. Warum gerade jetzt, wo sich eins zum anderen fügt?

Warum habe ich Angst vor meiner eigenen Courage?

»Ich ...« begann sie. Aber Helmut hatte sich bereits abgewendet.

»Dann sollten wir den guten Blaha nicht länger warten lassen«, sagte er.

Der Stuhl, auf dem Gernot Blaha saß, war etwa zwei Nummern zu klein für ihn. Trotzdem bemühte er sich, so schmal und unscheinbar wie möglich zu wirken.

»Ich weiß nicht, was Sie von mir wollen, Frau Inspektor«, sagte er, als Marlies ihm gegenüber Platz nahm. »Ich habe Ihnen doch schon alles erzählt. Und eigentlich ...«

»Warum haben Sie uns verschwiegen, daß Sie Gottfried Feuchtwanger kennen?« fragte Marlies.

»Das habe ich doch gar nicht verschwiegen. Ich habe gesagt, daß ...«

»Sie haben uns außerdem verschwiegen, daß am Samstag, dem fünften Oktober, ein geheimes Treffen zwischen Ihnen und Gottfried Feuchtwanger stattfand. Zwischen Ihnen und dem Mann, der Ihre Freundin Roswitha Steiner tätlich angegriffen und bedroht hatte. Und zwei Tage später war Roswitha Steiner tot. Was sagen Sie dazu?«

Blaha starrte sie verständnislos an. »Was ich sage? Ich weiß nicht – ich weiß nicht, was Sie meinen. Ich ...«

»Sie stehen unter Verdacht, zusammen mit Gottfried Feuchtwanger die Ermordung von Roswitha Steiner geplant und ausgeführt zu haben, Herr Blaha«, sagte Marlies scharf. »Sind Sie sich dessen bewußt?«

Blaha starrte sie immer noch an. »Die Roswitha? Aber warum sollte ich denn die Roswitha umbringen? Das würde ich nie tun, Frau Inspektor. Ich würde der Roswitha doch nichts tun. Nie, Frau Inspektor.«

»Sie waren der einzige, der wußte, wo Roswitha sich versteckt hielt. Sie konnten sich leicht Zugang zum Haus verschaffen. Roswitha hat Ihnen vertraut. Und Sie haben für die Tatzeit kein Alibi.«

»Aber das würde ich doch nie tun, Frau Inspektor«, wiederholte Blaha stumpfsinnig. »Doch nicht die Roswitha. Warum sollte ich das denn tun?«

»Was wurde bei dem Treffen mit Gottfried Feuchtwanger am Samstag nachmittag besprochen? Und wer war der dritte Mann?« fragte Marlies.

Blaha starrte auf den Boden. »Das ist mir jetzt peinlich, Frau Inspektor. Das möchte ich wirklich nicht sagen.«

Marlies beugte sich über den Tisch. »Sie stehen unter Mordverdacht! Also reden Sie schon.«

»Na ja, ich kenne den Johnny, weil – wir feiern manchmal, nach der Vorstellung, so kleine Parties. Am Heumarkt, meine ich. Und da – na ja, mit – mit *Damen* geht halt alles besser. Und der Johnny ...«

»Hat euch die Damen besorgt«, ergänzte Helmut.

Blaha nickte.

»Das beantwortet nicht meine Frage«, sagte Marlies. »Was wurde am Samstag besprochen? Und wer war der Dritte?«

»Na ja«, erklärte Blaha. »Wir hatten am Sonntag wieder so eine kleine Party. Weil einer von den Jungs Geburtstag hatte. Und da – na ja, wir haben eben mit dem Johnny darüber geredet, ob er wieder für ein bißchen Gesellschaft sorgen kann. Das haben wir bei dem Treffen ausgemacht.«

»Es wurde ziemlich angeregt geredet«, sagte Marlies.

»Der Johnny hat erst gesagt, so kurzfristig geht das nicht, also haben wir eine Weile herumdebattiert, aber dann haben wir uns doch geeinigt.«

»Und das soll ich Ihnen glauben?« fragte Marlies.

»Sie können den Chip fragen. Der war dabei. Der wird Ihnen nichts anderes erzählen.«

»Wer ist das?«

»Der Chip. Koslowski heißt er. Er ist Amerikaner. Arbeitet auch bei uns. Den können Sie fragen.«

»Das werden wir«, sagte Marlies. Sie stand auf und wandte sich an Plaschek. »Bring diesen Koslowski her«, befahl sie leise. »Aber sag ihm nicht, worum es geht. Setz ihn ins andere Zimmer und laß niemanden zu ihm hinein, bis ich komme.«

»Ist gut«, sagte Plaschek.

Koslowski bestätigte Blahas Angaben, wenn auch unwillig. Plaschek hatte ihn aus dem Bett geholt. Der Amerikaner verstand nicht, worum es bei all dem ei-

gentlich ging, und wollte nur nach Hause zurück, um weiterzuschlafen.
Am Montag abend zwischen zehn und elf Uhr hatte Koslowski im Ring gestanden.
Marlies nahm seine Personalien auf und ließ ihn wieder laufen.
Blaha leugnete weiterhin standhaft, irgend etwas mit dem Mord an Roswitha Steiner zu tun zu haben. Er schien fassungslos zu sein, daß man ihn überhaupt damit in Zusammenhang brachte.
Marlies behielt ihn über Nacht im Polizeigefängnis. Am Donnerstag früh holte sie sich Gottfried Feuchtwanger.
Aus St. Pölten war inzwischen der gerichtsmedizinische Befund über Roswitha Steiner eingetroffen. Er bestätigte die Vermutung des Polizeiarztes. Der Tod war Montag nacht gegen zehn Uhr dreißig eingetreten. Zu dieser Zeit befand sich Feuchtwanger noch im Sicherheitsbüro.
Aber das bedeutete nicht, daß er nichts mit dem Mord zu tun hatte.
Marlies hatte schlecht geschlafen in der letzten Nacht. Sie hatte von ihrer Hochzeitsreise auf die Seychellen geträumt. Sie war im Meer ertrunken, während Helmut und der schöne Johnny über ihr standen und sie dabei beobachteten.
Als sie aufwachte, war sie schweißgebadet und zittrig. Sie sagte sich, daß sie ihre Gefühle unter Kontrolle bringen mußte.
Sie durfte nicht zulassen, daß irgend jemand oder irgend etwas ihre Arbeit beeinträchtigte.
Nicht jetzt.
Sie legte sich sorgfältig sämtliche Unterlagen zurecht, bevor sie das Vernehmungszimmer betrat. Sie hatte alle

Trümpfe in der Hand. Sie würde den Fall zuschnüren und in der hintersten Ecke des Polizeiarchivs versenken. Johnny drehte sich gelangweilt um, als sie mit den drei Männern ins Zimmer kam.
»Was ist jetzt schon wieder los? Habt ihr denn immer noch nicht genug?«
»Noch lange nicht, Johnny. Noch lange nicht«, sagte Marlies. »Wir haben uns gestern mit einem Freund von dir unterhalten. Gernot Blaha. Den kennst du doch, oder?«
»Den Blaha vom Heumarkt? Sicher kenne ich den.«
»Und seine Freundin kennst du auch, wenn ich richtig informiert bin.«
»Das könnt ihr mir nicht auch noch anhängen«, sagte Johnny. »Diesmal nicht. Diesmal habt ihr mir nämlich selber das Alibi verschafft. Und wenn ihr euch grün und blau darüber ärgert. Die Roswitha ist nämlich um halb elf umgebracht worden. Das steht in allen Zeitungen. Und ich war bis elf hier drinnen. Da ist nicht dran zu rütteln.«
»Du hast ein Alibi, das stimmt schon«, bestätigte Marlies. »Aber Gernot Blaha hat keines. Und Gernot Blaha ist mit dir befreundet.«
»Was soll denn das schon wieder heißen? Außerdem bin ich nicht mit ihm befreundet. Ich tue ihm nur hin und wieder einen Gefallen, das ist alles.«
»Und er tut *dir* hin und wieder einen Gefallen?« fragte Marlies.
»Was für einen Gefallen?«
»Zum Beispiel eine unliebsame Zeugin aus dem Weg zu räumen.«
Johnny lächelte ungerührt. »Sie haben eine blühende Phantasie.«

»Vielleicht nicht«, sagte Marlies. Sie schlug ihre Unterlagen auf. »Du hast dich am Samstag, den fünften Oktober, gegen siebzehn Uhr mit Gernot Blaha in einem Hinterhof in der Neustiftgasse getroffen. Was wurde dabei besprochen?«

»Geschäftliches«, erklärte Johnny.

»Was?«

»Er wollte ein paar Mädchen haben. Für eine Party. Die habe ich ihm vermittelt.«

»Komisch ist nur, daß Roswitha Steiner zwei Tage nach diesem Gespräch tot war. Nach dem Gespräch zwischen dem einzigen Mann, der ein Interesse daran hatte, sie tot zu sehen, und dem einzigen Mann, der wußte, wo sie zu finden war.«

»Fragen Sie Blaha«, forderte Johnny. »Er wird Ihnen bestätigen, was ich gesagt habe.«

»Ich habe schon mit Blaha gesprochen«, sagte Marlies. »Und jetzt rede ich mit dir.«

»Reden Sie meinetwegen. Aber ich sage Ihnen, daß das Ganze Blödsinn ist.«

»Kein Blödsinn, Johnny«, mischte sich Helmut ein, der bis dahin schweigend in einer Ecke gestanden war. »Diesmal bis du dran. Mit Haut und Haaren.«

»Das hättet ihr gerne«, höhnte Johnny. »Aber ich habe nichts mit diesen Morden zu tun, und wenn ihr euch auf den Kopf stellt. Ich habe weder die Roswitha umgebracht, noch die Evelyn, noch die Martina.«

»Du bist der einzige, der alle drei gekannt hat. Der mit allen dreien Streit hatte. Und der für zwei Morde kein Alibi hat. Wie sieht das für dich aus?«

»Und du hast dich zwei Tage vor dem Mord an Roswitha Steiner mit einem Mann getroffen, der wußte, wo

Roswitha zu finden war. Und der seinerseits für *diesen* Mord kein Alibi hat«, fügte Marlies hinzu.
»*Da* ist nicht dran zu rütteln, Johnny«, sagte Helmut.
»Du solltest lieber gestehen«, meinte Plaschek. »Wäre besser für dich. Sonst könnte die Sache sehr ungemütlich für dich werden.«
»Wollt ihr mir drohen?« fragte Johnny.
»Das haben wir gar nicht nötig«, sagte Marlies. »Mit dem, was wir gegen dich in der Hand haben, fährt der Staatsanwalt Schlitten mit dir.«
»Achterbahn«, verbesserte Plaschek.
Johnny schüttelte den Kopf. »Ich habe diese Morde nicht begangen. Wie oft soll ich das noch sagen? Ich habe nichts mit der ganzen Geschichte zu tun.«
»Du warst in der Nähe des Westbahnhofs, kurz bevor Martina Stoisits verschwunden ist. Das wissen wir von deiner Freundin Evelyn«, sagte Marlies. »Was ist in dieser Nacht passiert? War das der Grund, warum Evelyn sterben mußte? Weil sie zuviel wußte?«
»Wenn du die Morde gestehen würdest, könnten wir vielleicht etwas für dich tun«, erklärte Plaschek. »Wir reden mit dem Staatsanwalt. Du kannst auf Totschlag plädieren. Dann bist du in ein paar Jahren wieder raus.«
Johnny beugte sich vor. »Hört zu, und hört mir gut zu. Ich sage es jetzt zum letzten Mal. Ich bin kein Mörder. Und ich lasse mir die Sache auch nicht von euch anhängen. Da könnt ihr machen, was ihr wollt.«
»Dann werden wir dafür sorgen, daß du lebenslänglich bekommst«, erwiderte Marlies eisig. »Wir vergraben dich so tief, daß man dich in hundert Jahren nicht findet. Verlaß dich darauf.«
Sie stand auf, als Helmut ihr mit dem Kopf einen Wink gab. Plaschek folgte ihnen nach draußen.

»So kommen wir nicht weiter«, sagte Helmut. »Solange wir nicht wirklich einen Beweis gegen ihn in der Hand haben, vergeuden wir mit diesen Verhören nur unsere Zeit.«
»Was wir brauchen, ist der Wagen«, überlegte Marlies laut. »Der dunkle Wagen, in den Evelyn Rambausek eingestiegen ist und der vor Roswitha Steiners Haus gesehen wurde. Wenn wir den haben, können wir Feuchtwanger festnageln. Also bringt ihn mir.«
»Und wo sollen wir danach suchen?« fragte Plaschek. »Wir wissen ja nicht mal die Marke oder das Kennzeichen.«
»Laßt euch was einfallen. Seht euch in der Nähe von Feuchtwangers Wohnung um. Fragt bei seinen Freunden nach. Bei Blahas Catcherkollegen. Erkundigt euch in Parkgaragen und bei Autovermietungen. Es muß eine Spur von dem Wagen geben.«
»Und wenn nicht?« fragte Helmut.
Marlies sah ihn an. Er hatte die Hände in den Hosentaschen vergraben und lächelte sie gelassen, ein wenig spöttisch, an. Er wirkte in diesem Augenblick so solide und unerschütterlich wie ein Felsen.
Wie der Mann, den sie immer gesucht hatte.
»Es muß«, sagte sie.
Sie drehte sich um und ging zurück ins Vernehmungszimmer. Sie mußte diesen Fall klären. Es war, als hinge ihr Leben davon ab.
Sie *mußte* die Lösung finden.
Um jeden Preis.

15

Gottfried Feuchtwanger blieb bei seiner Geschichte.
Daß er sich mit Gernot Blaha rein geschäftlich unterhalten habe.
Daß er nichts über die Morde wisse.
Daß er ihnen nichts weiter zu sagen habe.
Nach dem Mittagessen kam der Untersuchungsrichter vorbei, um sich über den Stand der Ermittlungen zu informieren. Er benahm sich immer noch übellaunig und gönnerhaft. Und er schien es Marlies persönlich nachzutragen, daß sie sich in Christian Horvath geirrt hatte.
Er hörte ihren Ausführungen kaum zu, warf mit juristischen Ausdrücken um sich und bekrittelte ihre Vorgehensweise.
Marlies wußte nicht, wen sie eher hinter Gitter wünschte: Ihn oder Gottfried Feuchtwanger.
Bevor er das Büro verließ, fragte sie: »Werden Sie Feuchtwanger in Untersuchungshaft nehmen?«
»Fragen Sie mich morgen noch einmal«, sagte Dr. Jelinek. »Wenn Sie etwas mehr zu bieten haben.«
Dann knallte er die Tür hinter sich zu.
Der dunkle Wagen blieb weiterhin verschwunden.
Helmut und Plaschek marschierten den ganzen Nachmittag über mit Feuchtwangers Foto von einer Parkgarage zur nächsten, aber keiner konnte sich an das Gesicht erinnern. Auch bei den Autovermietungen tauchte sein Name nicht auf. Und daß von seinen oder Blahas

Freunden jemand reden würde, hatte sowieso keiner erwartet.
»Das ist völlig sinnlos, wenn wir nicht mehr Anhaltspunkte haben«, sagte Plaschek. »Auf diese Weise finden wir nie eine Spur.«
»Aber der Wagen muß irgendwo stecken«, behauptete Marlies. »Er kann sich ja nicht in Luft aufgelöst haben.«
Es war halb sechs Uhr vorbei. Sie saßen zu einer Lagebesprechung in ihrem Büro beisammen, rauchten und tranken Kaffee. Pirker hatte selbstgemachte Kekse von seiner Mutter mitgebracht. Sie waren alle vier müde und frustriert.
Der Fall, der schon so gut wie gelöst gewesen war, begann unter ihren Händen zu zerbröseln wie ein mürbe gewordener Kuchen. Und es schien nichts zu geben, das sie dagegen tun konnten.
Die Euphorie, die Marlies noch am Morgen, als sie Feuchtwanger zum Verhör holte, gespürt hatte, war verflogen. Sie war sich so sicher gewesen, den schönen Johnny zu haben.
Ihn überführen zu können.
Aber ohne ein Geständnis wurden die Löcher, die es in dem Fall gab, immer deutlicher sichtbar. All die kleinen Ungereimtheiten, die sich nicht erklären ließen:
Der verschwundene Wagen.
Die Verbindung Feuchtwangers zu den ersten drei Toten.
Und vor allem: das Motiv. So absurd und abstrus es auch sein mochte.
Ohne ein halbwegs einleuchtendes Motiv würde der Untersuchungsrichter sich niemals überzeugen lassen.
Schon gar nicht bei diesem Fall.

Schon gar nicht, nachdem er sich mit Christian Horvath die Finger verbrannt hatte. Das hatte er sehr deutlich zum Ausdruck gebracht.
Aber es gab nicht wirklich ein Motiv.
Keines, das einen Mord rechtfertigen würde.
Und damit steckten sie fest. Sie konnten weder vor noch zurück.
Denn wenn Gottfried Feuchtwanger nicht der Mörder war, wußte Marlies nicht mehr, wo sie noch suchen sollte.
»So wie ich die Sache sehe«, sagte Plaschek, »muß es noch einen dritten geben.«
»Einen dritten?«
»Einen dritten im Bunde, meine ich. Das wäre doch eine Möglichkeit. Feuchtwanger ist der Kopf, der sich die Sache ausdenkt und die Morde plant. Blaha liefert ihm die Informationen. Und der dritte, der im dunklen Wagen, führt die Morde aus.«
»Eine Mord-GmbH, sozusagen«, spottete Helmut.
»Wäre doch eine Möglichkeit«, sagte Plaschek beleidigt.
»Was wir bis jetzt haben, ist auch nicht viel besser. Bis jetzt können wir noch nicht einmal beweisen, daß Gernot Blaha tatsächlich Johnny das Versteck von Roswitha Steiner verraten hat.«
»Es *muß* so gewesen sein«, sagte Marlies. »Es paßt alles zusammen. Die Verbindung zwischen Johnny und Blaha besteht. Was für eine Erklärung gibt es sonst?«
»Vielleicht ist alles nur ein Zufall«, meinte Helmut.
»Das glaube ich nicht«, fauchte Marlies.
Es durfte nicht passieren. Der Fall durfte nicht auseinanderbrechen. Um auf dem Aktenberg zu landen, auf dem sich die ungelösten Fälle stapelten. Die nie geklärt wurden.

Eine solche Blöße durfte sie sich nicht geben.
Und sie dachte plötzlich: Mein Gott, was will ich eigentlich? Will ich einen Mörder aus dem Verkehr ziehen? Oder will ich auf der Karriereleiter nach oben klettern?
Aber sie konnte die Frage nicht eindeutig beantworten., Weder auf die eine noch auf die andere Weise.
Sie sah auf ihre Uhr. »Also schön, wir behalten Johnny über Nacht hier. Wir haben immer noch sechsunddreißig Stunden Zeit, ihm die Morde zu beweisen, ehe wir ihn wieder freilassen müssen. Morgen werden wir weitersehen.«
Sie drückte Pirker den Schein in die Hand, mit dem Feuchtwanger in Polizeihaft genommen wurde. Dann meldete sie sich bei Hofrat Wagreiter zum Rapport.
Der Hofrat war nicht erfreut.
»Ich hatte mit etwas Konkreterem gerechnet. Sie hatten schließlich genug Zeit. Vielleicht finden Sie bis zur Pressekonferenz morgen vormittag wenigstens den Wagen. Das wäre immerhin etwas. Zehn Uhr. Vergessen Sie es nicht. Und seien Sie pünktlich.«
»Natürlich, Herr Hofrat«, sagte Marlies.
Als sie zurückkam, saß Helmut allein in ihrem Büro und rauchte eine Zigarette. Die anderen Büros auf dem Gang waren dunkel. Pirker und Plaschek waren offensichtlich schon nach Hause gegangen.
Marlies zögerte einen Augenblick, bevor sie das Zimmer betrat. Sie hatte plötzlich eine merkwürdige Scheu davor, mit Helmut allein zu sein. So als hätte sie Angst vor ihm. Aber das war es nicht.
Sie zog die Türe hinter sich ins Schloß und ging an ihrem Mann vorbei zum Fenster. Es hatte wieder zu regnen begonnen. Im Licht der Straßenlaternen glänzte

der Asphalt wie Glas. Dicke Tropfen schlugen gegen die Fensterscheibe und ließen den Blick nach draußen verschwimmen.
»Alles vorbei?« fragte Helmut. Sie konnte seinen Blick auf ihrem Rücken spüren.
In ihrem Kopf.
»Ich wünschte, es *wäre* schon vorbei«, sagte sie, ohne sich umzudrehen. »Ich wünschte, wir hätten alles unter Dach und Fach und nichts mehr damit zu tun.«
Sie starrte aus dem dunklen Fenster, aber alles, was sie sah, war ihr eigenes Spiegelbild.
Der Fall war wie ein Kaleidoskop. Wie ein Bild aus Sand. Kaum machte sie eine falsche Bewegung, zerfloß das Bild. Stellte sich auf den Kopf.
Wurde zu einem ganz anderen Bild.
Nichts war sicher.
Nichts brachte eine endgültige Antwort.
Sie hörte Helmut leise lachen. »Du bist doch diejenige, die so versessen auf den Fall war. Die ihn unbedingt lösen wollte. Und du hast es ja auch geschafft. Du hast von Anfang an auf den schönen Johnny getippt. Was willst du noch mehr?«
»Ich möchte sicher sein«, sagte Marlies.
»Sicher? Sicher ist gar nichts im Leben. Höchstens der Tod.«
Marlies drehte sich um. Sie konnte sich nicht einmal ihrer selbst sicher sein.
Nicht mehr.
Es floß alles ineinander. Der Fall, Helmut, ihr Leben. Die Lösung des einen schien auch die Lösung aller anderen Probleme zu bedeuten. Solange der Fall nicht abgeschlossen war, konnte sie auch nicht hoffen, ihr Leben in den Griff zu bekommen.

Alles war ineinander verwoben. Als gäbe es keine Unterschiede. Keine festen Grenzen.
Nichts, woran sie sich halten konnte.
Sie ertrank in einem Meer von Zweifeln. Und Helmut sah ihr dabei zu.
Und plötzlich wurde Marlies klar, warum sie ihn brauchte.
Weil er ihr Gegenstück war.
So wie schwarz und weiß. Heiß und kalt. Licht und Schatten.
Er war die Seite an ihr, die sie sich selbst nicht eingestehen wollte.
Nur zusammen ergaben sie ein Ganzes. Und nur zusammen konnten sie hoffen, die Fäden des Falles zu entwirren.
»Vielleicht«, sagte Marlies, »vielleicht haben wir einen Fehler gemacht.«
»Einen Fehler?« fragte Helmut.
»Vielleicht habe *ich* einen Fehler gemacht.«
Sie sah ihn an. Er saß reglos auf seinem Sessel. Groß. Dunkel. Massig.
Eine plötzliche Sehnsucht nach ihm überkam sie.
Sie machte einen unsicheren Schritt auf ihn zu und blieb dann vor dem Schreibtisch stehen.
»Ich wünschte ...«, sagte sie.
»Was?«
»Ich wünschte, die Dinge wären anders gekommen«, erklärte sie.
Sie beobachtete fasziniert, wie Helmut aufstand und langsam auf sie zukam. Er legte seine Hände in ihren Nacken.
»Es kommt alles so, wie es kommen muß«, sagte er. »Du wirst schon sehen.«

Er beugte sich zu ihr und küßte sie. Marlies hob ihre Arme, um ihn abzuwehren, aber es war nur eine halbherzige Geste.
Als er sie an sich zog, spürte sie sich selbst nachgeben, in seinen Armen zerfließen, als wäre sie von allem losgelöst. Als wäre sie in einem dunklen Traum gefangen.
Sie wußte, daß sie vermutlich das Falsche tat.
Daß nichts wirklich geklärt war.
Aber sie wollte im Augenblick nicht darüber nachdenken.
Alles, was sie wollte, war, ihm nahe zu sein. Endlich zur Ruhe zu kommen.
Ihr wurde klar, daß sie ihn immer noch liebte. Und daß sie ihn immer lieben würde. Egal, was auch geschehen mochte.
Doch als sie den Kopf wandte, um ihn anzusehen, um ihm zu sagen, was sie empfand, las sie in seinen Augen nichts als blanken Haß.
Keine Liebe.
Kein Gefühl.
Alles, was er wollte, war, sie zu beherrschen.
Über sie zu triumphieren.
Er würde mich töten, wenn er könnte, dachte Marlies.
In diesem Augenblick.
Er würde alles tun, um mich zu vernichten.
Sie machte sich mit einer hastigen Bewegung von ihm los.
»Hör auf. Hör auf«, schrie sie. Sie wandte ihm den Rücken zu, so daß er ihr Gesicht nicht sehen konnte.
Sie war verletzt und schockiert.
Und sie verfluchte ihre eigene Dummheit.
Wie konnte sie jemals denken, daß er ihr irgend etwas verziehen hatte?

Helmut zuckte gleichgültig die Achseln. »Wie du willst«, sagte er.
Marlies starrte schweigend aus dem dunklen Fenster. Sie wartete, bis Helmut das Büro verlassen hatte, dann drehte sie sich langsam um, atmete tief durch und fuhr sich mit der Hand durchs Haar.
Sie hatte einen Fehler gemacht.
Den größten, den sie überhaupt begehen konnte.
Sie hatte sich Helmut ausgeliefert. Freiwillig. Sie hatte ihm vertraut.
Und er schien nur auf diesen Augenblick gewartet zu haben.
Wie kann er mich so sehr hassen? dachte Marlies. Und wie weit würde er gehen, um es mir heimzuzahlen?
Aber sie wagte es nicht, diesen Gedanken zu Ende zu denken.
Sie fuhr nach Hause, machte sich eine Wärmflasche und ging sofort ins Bett. Sie konnte plötzlich verstehen, wie sich jemand fühlte, der in der Falle saß.
Sie konnte verstehen, wie Gottfried Feuchtwanger sich fühlte.
Sie schlief kurz und schlecht. Am Freitag würgte sie nur eine Tasse Kaffee hinunter, dann fuhr sie zu Hofrat Wagreiters Pressekonferenz.
Ihr Chef war in blendender Laune. Das Fernsehen war da, sogar ein deutscher Sender hatte ein Kamerateam geschickt. Ein solcher Fall konnte, wenn er sich erfolgreich abschließen ließ, für ihn das Sprungbrett in den Sessel des Polizeipräsidenten bedeuten.
Daß es über den Wagen noch nichts Neues gab, überging der Hofrat sehr geschickt.
Dr. Bösch verlas Auszüge aus seinem medizinischen Gutachten, wonach es sich bei dem gesuchten Frauen-

mörder um eine hochgradig labile, unter Autoritätszwang und mangelndem Selbstwertgefühl leidende Persönlichkeit handelte. Vermutlich, erklärte Dr. Bösch, waren die Ursachen für das Fehlverhalten in der Jugend zu suchen.

Marlies saß neben ihm und konnte nichts anderes denken, als daß er Christian Horvath beschrieb.

Aber Christian Horvath war tot.

Und der *wahre* Mörder saß im Polizeigefängnis.

Marlies wünschte sich, endlich ein Geständnis zu haben. Den Fall endlich abschließen zu können.

Sie wünschte sich, endlich die Wahrheit zu kennen.

Der Horvath-Bericht stellte fest, daß es im Zusammenhang mit der Vernehmung von Christian Horvath zu keinerlei Unregelmäßigkeiten in der Vorgehensweise gekommen war. Das Verhör, für das es zum damaligen Zeitpunkt stichhaltige Gründe gab, wurde von den beiden zuständigen Beamten Magister Marlies Mittermann und Bezirksinspektor Eduard Pirker vorschriftsmäßig durchgeführt. Die Ursachen für den Selbstmord des Verdächtigen im Polizeigewahrsam mußten in seinen persönlichen Lebensumständen gesucht werden.

Dann war Marlies an der Reihe.

»Ist es wahr, daß ein gewisser Gottfried Feuchtwanger unter Mordverdacht festgenommen wurde?«

»Hat er bereits ein Geständnis abgelegt?«

»Stimmt es, daß auch die in Wiener Neustadt ermordete Roswitha Steiner demselben Mörder zum Opfer gefallen ist?«

»Wird man gegen Feuchtwanger Mordanklage erheben?«

»Die Ermittlungen sind noch nicht vollständig abgeschlossen«, sagte Marlies, sehr zum Mißfallen von Hofrat Wagreiter. »Aber die Beweislage gegen den festgenommenen Gottfried Feuchtwanger ist so, daß wir durchaus mit einer Anklage rechnen.«

»Wann?«

»Bald, hoffe ich«, sagte Marlies. Sie stand auf. »Wenn Sie mich jetzt entschuldigen. Ich muß zurück an meine Arbeit. Hofrat Wagreiter wird Sie über alles weitere informieren.«

Der Hofrat entließ sie mit einem gnädigen Kopfnicken und wandte sich dann wieder lächelnd den Journalisten zu.

Marlies war erleichtert, dem Ganzen entronnen zu sein. Sie wollte so schnell wie möglich zurück zu Gottfried Feuchtwanger. Sie wollte aus seinem eigenen Mund hören, daß er die sechs Frauen umgebracht hatte.

Sie wollte mit Sicherheit wissen, daß er der Mörder war. Denn es gab nicht wirklich einen Beweis gegen ihn. Nur Indizien.

Und sie ertappte sich selbst dabei, daß sie immer weniger an diese Indizien glaubte.

16

Als sie zurück ins Sicherheitsbüro kam, war Helmut schon da. Er saß in seinem Büro und telefonierte.
Marlies holte sich noch einmal Gernot Blaha zum Verhör. Sie war froh, für den Moment nicht mit ihrem Mann zusammentreffen zu müssen. Die Erinnerung an den vergangenen Abend lag wie ein tonnenschweres Gewicht in ihrem Magen.
Der Catcher sah mitgenommen aus. Dunkle Ringe lagen unter seinen Augen, und sein rundes Kindergesicht wirkte eingefallen. Als Marlies ihm eine Zigarette anbot, griff er gierig zu.
»Ich bin kein Mörder, Frau Inspektor. Wirklich nicht«, beteuerte er weinerlich. »Ich hab die Roswitha doch gern gehabt. Das müssen Sie mir glauben.«
»Ich glaube Ihnen ja«, sagte Marlies. »Aber die Fakten sprechen gegen Sie. Niemand außer Ihnen hat gewußt, wo die Roswitha steckt. Das stimmt doch, oder?«
Blaha starrte sie verständnislos an. »Was – wie meinen Sie das?«
»Wenn Sie es mal erwähnt hätten. Nur so nebenbei«, erklärte Marlies. »Am Samstag zum Beispiel. Als Sie sich mit Gottfried Feuchtwanger getroffen haben ...«
Sie sah den Catcher an. Er war kein Mörder. Das war ihr klar. Aber er war alles, was sie hatte. Ihre einzige Spur zu Gottfried Feuchtwanger.
Und die Spur wurde immer dünner.

Aber wenn die Lösung nicht bei Feuchtwanger lag, wo lag sie dann?
Blaha drehte nervös die Zigarette zwischen seinen Fingern. »Das – das weiß ich nicht mehr. Ich weiß nicht mehr, was wir alles geredet haben. Alles mögliche. Ich …«
»Nur so nebenbei«, wiederholte Marlies.
»Das – kann schon sein. Glaube ich. Aber ich weiß es wirklich nicht mehr genau. Ich könnte es nicht beschwören. Ich meine, ich könnte es so oder so nicht beschwören. Vielleicht habe ich irgendwas von der Roswitha erwähnt.«
»Daß sie in Wiener Neustadt bei ihrer Schwester ist?«
»Vielleicht nicht so direkt. Aber vielleicht habe ich irgendwas von der Schwester gesagt.«
»Und Feuchtwanger kennt Roswithas Schwester?«
»Ich glaube schon. Ich meine, ich könnte es mir denken. Die Roswitha hat ja mal für ihn gearbeitet, und da hat er sicher alles über sie wissen wollen. Ich meine, ich denke es mir halt.«
Der Catcher sah Marlies flehend an.
Sie seufzte. Es war nicht genug. Nicht genug, um sie selbst zu überzeugen.
»Wir werden das nachprüfen«, sagte sie. »Vielleicht – vielleicht kann ich etwas für Sie tun.«
Sie nickte ihm aufmunternd zu und stand auf. Sie war müde und ausgebrannt. Das Schlafdefizit der vergangenen Tage machte sich allmählich bemerkbar. Ihre Gedanken waren wirr und ungeordnet.
Sprunghaft.
Und irgendwo, in der hintersten Ecke ihres Kopfes, hatte sich ein dunkler, formloser Verdacht festgesetzt, den sie sich selbst nicht eingestehen wollte. Dem sie nicht ins Gesicht zu sehen wagte.

Aber sie wußte, daß er da war.
Als sie zurück in ihr Büro kam, saß Hofrat Wagreiter mit den drei Männern um ihren Schreibtisch.
»Mittermann, kommen Sie herein«, rief der Hofrat. »Ihr Mann hat gerade eine großartige Idee gehabt. Wegen des Wagens. Wir gehen mit der ganzen Geschichte zu Aktenzeichen XY ungelöst. Vielleicht kommen wir auf diese Weise dem gesuchten Fahrzeug auf die Spur.«
»Und ich wollte ohnehin schon immer mal ins Fernsehen«, sagte Pirker.
»Da hättest du zu den Eurocops gehen müssen«, meinte Plaschek.
Hofrat Wagreiter lachte gutmütig.
»Ich habe heute vormittag schon mit dem Sender geredet«, erzählte Helmut. »Ich kenne da jemanden, der für die Produktion zuständig ist. Er hat mir versprochen, daß wir mit unserem Fall noch in die nächste Sendung kommen.«
»Die Suche nach diesem Wagen hat absolute Priorität«, erklärte Wagreiter. »Und das Fernsehen hat bei der Verbrechensaufklärung schon oft gute Dienste geleistet. Was meinen Sie, Frau Magister?«
»Natürlich«, erwiderte Marlies. »Eine sehr gute Idee.« Sie vermied es, Helmut anzusehen. Seine Taktik wurde jetzt klar. Er manövrierte sie langsam, aber beharrlich ins Aus.
Er hakte überall da ein, wo sie nicht weiterkam.
Er brachte ihre Fehler und Versäumnisse erbarmungslos ans Licht.
Und letzte Nacht hatte sie ihm selbst alle Trümpfe in die Hand gespielt.
Sie hatte ihn unterschätzt.
Das war ihr größter Fehler gewesen.

»Gute Arbeit, Major«, sagte Hofrat Wagreiter. »Das bringt uns vielleicht endlich einen Schritt weiter. Wir brauchen unbedingt Ergebnisse. Und zwar schnell.«
»Wir tun, was wir können, Herr Hofrat«, sagte Marlies.
Wagreiter stand auf. »Sie halten mich auf dem laufenden, Herr Major?« sagte er im Hinausgehen zu ihrem Mann. »Wegen der Fernsehsendung.«
»Ich rufe gleich noch einmal beim Sender an«, erklärte Helmut. »Vielleicht können sie mir schon etwas Genaueres sagen. Dann melde ich mich sofort bei Ihnen.«
»Gut, gut«, sagte Wagreiter.
Helmut und Plaschek gingen in ihr Büro zurück. Keiner nahm von Marlies Notiz.
Sie wußte, daß sie das nicht hinnehmen durfte. Daß sie kämpfen mußte, wenn sie die Kontrolle über den Fall nicht verlieren wollte.
Aber sie konnte im Augenblick keine Kraft dafür aufbringen.
Das dunkle Etwas in ihrem Hinterkopf ließ sie nicht los.
Sie hatte dieses eigenartige Gefühl, daß die Lösung des Falles nur einen Steinwurf entfernt war. Daß sie beinahe ihre Hand danach ausstrecken konnte. Alles, was sie noch brauchte, war ein einziger, letzter Hinweis.
Ein einziges Puzzlestück, um das Bild komplett zu machen.
Sie wußte nur nicht, wo sie danach suchen sollte.
Oder vielleicht wollte sie es auch nicht wissen.
»Ich möchte nach dem Mittagessen noch einmal mit diesem Amerikaner reden. Mit diesem Koslowski«, sagte sie zu Pirker. »Sorgen Sie dafür, daß er hergebracht wird.«
»Aber Ihr Mann hat gesagt ...«

»*Ich* sage Ihnen, was Sie tun«, fauchte Marlies.
Sie setzte sich an ihren Schreibtisch. Sie wußte, daß Herumbrüllen nicht die richtige Methode war, sich Respekt zu verschaffen. Aber es war die einzige Methode, die ihr zumindest eine gewisse Genugtuung gab.
Sie griff nach dem Telefon und rief Dr. Becker an.
»Dr. Becker? Hier ist Marlies Mittermann. Bitte entschuldigen Sie, daß ich bei unserem letzten Gespräch so kurz angebunden war. Ich hatte – ich bin in den letzten Wochen unter großem Druck gestanden. Aber ich weiß natürlich, wie wichtig diese Sache ist.«
»Es ist in Ihrem eigenen Interesse«, sagte die Anwältin. »Ich kann nur dann effizient arbeiten, wenn Sie mir dabei helfen.«
»Ich möchte so schnell wie möglich geschieden werden«, erklärte Marlies. »Kann ich Anfang nächster Woche zu Ihnen kommen?«
»Am Montag? Um siebzehn Uhr? Würde Ihnen das passen?«
»Ich kann es einrichten«, sagte Marlies. »Vielen Dank, Dr. Becker.«
Sie fühlte sich nach dem Anruf merkwürdig erleichtert. Als wäre endlich ein Schatten von ihr abgefallen, der sie seit Tagen verfolgt hatte.
Als wäre ihr Kopf endlich wieder klar.
Sie zog ein Formular zu sich heran. Sie wußte, daß sie eine Entscheidung treffen mußte. Sie mußte in diesem Fall noch einmal ganz von vorne anfangen. Sie zögerte einen Augenblick, dann setzte sie ihre Unterschrift unter das Formular.
Es war Gernot Blahas Haftentlassung.
»Bringen Sie das ins Gefangenenhaus hinüber«, sagte

sie zu Pirker. Sie griff zum Telefon und ordnete Blahas Überwachung an.
Dann ging sie zum Essen.
Sie wußte, daß ihr Chef nicht mit ihr zufrieden sein würde. Wagreiter hatte kein Interesse an Gefühlen oder Eingebungen. Er wollte Verhaftungen sehen. Beweise. Geständnisse. Er wollte nur die Dinge sehen, die auf der Hand lagen.
Aber eines der undeutlichen Gefühle in ihrem Inneren sagte Marlies, daß sie auf dem richtigen Weg war.
Daß sie endlich Fortschritte machte.
Das Verhör von Chip Koslowski brachte keine neuen Erkenntnisse. Der Amerikaner verstand zu wenig Deutsch, um irgend etwas, das bei dem Treffen am Samstag geredet worden war, mit Sicherheit bezeugen zu können. Außerdem wollte er ganz offensichtlich einen Catcherkollegen nicht hineinreiten. Und selbst wollte er schon gar nichts mit der Sache zu tun haben.
Nachdem sie Koslowski wieder nach Hause geschickt hatten, ging Marlies in Helmuts Büro. Ihr Mann saß mit Plaschek und Pirker zusammen. Die drei rauchten und tranken Kaffee.
»Wir fahren nach Wiener Neustadt«, sagte Marlies. »Jetzt gleich.«
»Wozu?« fragte Helmut.
»Ich will mit der Nachbarin reden. Die neben Wanda Wallisch wohnt. Die den Wagen gesehen hat. Und den Mann, der zum Haus gegangen ist.«
Sie sah ihrem Mann gerade in die Augen.
Er hatte sie für einen Moment aus der Fassung gebracht.
Er hatte eine Runde gewonnen.
Aber noch nicht den Kampf.
Und auf den nächsten Schlag wäre sie gefaßt.

Helmut zuckte die Achseln. »Wie du meinst. Fahren wir nach Wiener Neustadt. Ist ja ein schöner Tag für einen Ausflug.«
Sie nahmen Helmuts Wagen. Als niemand etwas redete, schaltete Helmut das Radio ein, was sie für den Rest der Strecke einer Konversation enthob.
Die Nachbarin von Wanda Wallisch war um die sechzig. Ihr Name war Pauline Gassner. Sie hatte die Kette vorgelegt und beäugte mißtrauisch Marlies' Dienstmarke, ehe sie die Tür öffnete.
»Ich mache nicht gerne Leuten auf, die ich nicht kenne«, erklärte sie. »Man hat ja bei der da drüben gesehen, was passieren kann. Und so ein Ausweis – das heißt gar nichts. Bei meiner Schwester hat neulich auch ein angeblicher Polizist an der Tür geläutet – sie wohnt in Bad Vösendorf –, und hinterher war dann ihr ganzer Schmuck weg.«
»Es tut mir leid, daß wir Sie so unangemeldet überfallen«, sagte Marlies. »Dürfen wir trotzdem hereinkommen? Wir müssen Ihnen zu dem Mord noch ein paar Fragen stellen.«
»Naja, ich kann mir ja wohl nicht helfen«, meinte Frau Gassner säuerlich.
Sie trat von der Tür zurück und ließ sie vorbei. Die drei Männer beeilten sich, die Schuhe am Fußabstreifer abzuputzen, als sie ihren strengen Blick bemerkten.
Pauline Gassner wohnte allein in einer Zweizimmerwohnung mit Kochnische und Bad. Die Toilette war auf dem Gang. Vom Wohnzimmerfenster aus war die Straße einzusehen, in der Wanda Wallischs Haus stand.
»Möchten Sie vielleicht etwas trinken?« fragte die alte Frau. »Ich habe aber nur selbstgemachten Ribiselsaft.

Den macht meine Schwiegertochter ein. Sie bringt mir immer ein paar Flaschen.«

»Nein, vielen Dank«, lehnte Marlies ab. Sie setzte sich in ein altes, abgewetztes Fauteuil, hinter dem ein Vogelkäfig stand. Frau Gassner nahm ihr gegenüber auf dem Sofa Platz. Die drei Männer blieben in der Tür stehen. »Sie haben ausgesagt, Sie hätten in der Mordnacht beobachtet, wie eine Person zum Haus von Frau Wallisch gegangen ist. Wann genau war das?«

»So gegen halb elf. Ich habe mir diese Sendung im Fernsehen angeschaut, die hat bis kurz nach zehn gedauert. Ich gehe nie so bald ins Bett, weil ich sowieso nicht schlafen kann. Ich war noch kurz draußen, und als ich zurückgekommen bin, habe ich gehört, daß auf der Straße ein Auto hält. Ich bin zum Fenster gegangen, weil – besser einmal zu oft geschaut, als einmal zu wenig. Man kann nicht vorsichtig genug sein heutzutage. Ich sehe, daß ein Auto unter den Bäumen drüben geparkt hat, und ein Mann geht gerade zur Haustür von der Wallisch.«

»Ein Mann?«

»Na ja, ich denke mir halt, daß es ein Mann war. Wer hätte denn die Wallisch besuchen sollen? Das war bei ihr ja nicht das erste Mal.«

»Sie meinen, sie hatte öfter Herrenbesuch?« fragte Marlies.

»Öfter?« Pauline Gassner lächelte spöttisch. »Da könnte ich Ihnen Sachen erzählen …«

»Der Mann, der zur Türe gegangen ist – wenn es ein Mann war –« mischte sich Helmut ein, »wie hat der ausgesehen?«

»Mein Gott, wie ein Mann eben ausschaut. Ich habe ihn ja nicht sehr genau gesehen. Nur aus der Ferne, über

die Straße. Er war auch schon aus dem Licht von der Straßenlampe heraus. Eher groß war er, dunkel, und so einen Staubmantel hat er angehabt, mit einem Gürtel.«
»Trenchcoat«, verbesserte Plaschek.
»Trenchcoat«, wiederholte Pauline Gassner säuerlich. »Was weiß ich, wie man das heutzutage nennt? So einen hellen Mantel eben.«
»Und dann?«
»Dann ist er eine Zeitlang vor der Tür gestanden, bis ihm jemand aufgemacht hat. Ich habe aber nicht genau sehen können, wer es war. Ich hatte ja gar nicht gewußt, daß die Schwester von der Wallisch da war. Die zwei sind fast nie aus dem Haus gegangen. Die zwei Schwestern, meine ich.«
»Und dann ist der Mann – die Person – ins Haus gegangen?« fragte Marlies.
»Ja. Sie haben kurz an der Haustür geredet, und dann sind sie reingegangen und haben die Tür zugemacht.«
»Aber Sie haben nicht gesehen, ob und wann die Person wieder herausgekommen ist?«
»Ich habe nicht mehr geschaut«, sagte die Frau. »Aber später habe ich dann ein Auto wegfahren hören.«
»Wann war das?«
»Später. Ich war schon im Bett. So um elf herum. Ich habe nicht auf die Uhr geschaut. Ich weiß nur noch, daß ich gedacht habe, das war aber heute ein kurzer Besuch. Und dann, in der Nacht, haben plötzlich die Polizeisirenen geheult, und die ganze Straße war voll mit Autos und Leuten und Blaulicht. Und dann ...«
»Der Wagen. Von dem unbekannten Mann«, unterbrach Marlies sie. »Wie hat der ausgesehen? Können Sie uns das sagen?«
»Du meine Güte, mit Autos kenne ich mich wirklich

nicht aus«, sagte Frau Gassner. »Ich habe ihn auch nicht sehr genau sehen können, weil er unter den Bäumen gestanden hat. Gleich da drüben.« Sie ging zum Fenster und deutete hinaus. »Aber wie er ausgeschaut hat? Dunkel war er, und so – wie der da unten. Ja, genauso ein Wagen war es. Genauso hat er ausgesehen.«
Marlies war aufgestanden und ebenfalls ans Fenster getreten. Sie folgte Pauline Gassners ausgestrecktem Zeigefinger.
Sie hatte das letzte Puzzlestück gefunden.
Das Bild war endlich komplett.

17

Sie fuhren in der Dunkelheit zurück nach Wien.
Pirker und Plaschek unterhielten sich im Fond des Wagens über Sportergebnisse. Marlies starrte aus dem Seitenfenster. Nur manchmal warf sie einen Blick auf ihren Mann.
Helmut sah konzentriert durch die Windschutzscheibe. Das Licht der Scheinwerfer fraß die Straße vor ihnen auf. Um diese Tageszeit war der schlimmste Verkehr schon vorbei. Nur einzelne Lichtkugeln kamen ihnen aus der Finsternis entgegen.
Helmuts Gesicht wirkte ruhig. Entspannt. Fast kam es Marlies so vor, als würde er hinter dem Lenkrad lächeln.
Und sie fragte sich, was geschehen war.
Was mit ihnen beiden geschehen war.
Aber sie fand keine Antwort.
Als sie ins Sicherheitsbüro zurückkamen, ging Marlies sofort in ihr Büro.
»Ich brauche sämtliche Unterlagen über die sechs Mordfälle«, sagte sie zu Pirker.
Ihr Assistent sah sie entsetzt an. »Jetzt?«
»Natürlich jetzt«, erwiderte Marlies. »Warum nicht jetzt?«
»Ich wollte eigentlich ...«
»Was?«
»Meine Freundin und ich wollten übers Wochenende zu Bekannten fahren. In die Steiermark. Wir wollten

eigentlich heute noch wegfahren. Gleich wenn ich nach Hause komme. Und jetzt ...«
»Suchen Sie mir nur die Unterlagen zusammen«, sagte Marlies etwas versöhnlicher. »Dann können Sie gehen.«
In ihrem Kopf drehte sich alles.
Alles wirbelte durcheinander, als säße sie auf einem verrückten Karussell.
Aber das Gesicht, das aus der vorbeifliegenden Menge auftauchte, war immer dasselbe.
Sie versuchte sich daran zu erinnern, was Helmut damals zu ihr gesagt hatte, in jener Nacht, als Christian Horvath die Morde an den vier Prostituierten gestand.
»Warum suchst du dir nicht einen Gegner, der dir gewachsen ist?«
»Einen, an dem du zerbrechen könntest.«
Sie hatte ihren Gegner gefunden.
Einen Gegner, der alle Tricks kannte.
Der jeden Schritt im voraus wußte.
Und den sie selbst zu seinen Opfern geführt hatte.
»Wir sind dann weg«, sagte Plaschek. Er steckte seinen Kopf zur Bürotür herein. Hinter seinem Rücken konnte sie Helmut sehen. Er hatte die Hände in den Taschen seines Trenchcoats und wartete. »Wir sehen uns am Montag.«
»Ja, bis Montag«, erwiderte Marlies.
Pirker legte die Akten auf ihren Schreibtisch. »Wenn das dann alles ist...«
»Natürlich. Ich brauche Sie nicht mehr. Ein schönes Wochenende.«
»Das wünsche ich Ihnen auch«, sagte Pirker.
Aber Marlies wußte es besser.
Es paßte alles zusammen.
Plötzlich war der Fall sonnenklar.

Natürlich hatte Christian Horvath die vier Morde nicht begangen, die man ihm zur Last legte. Und sich dafür in seiner Zelle erhängt.
Das Ganze hatte nie etwas mit ihm zu tun gehabt. Oder mit Martina Stoisits. Oder Yolanda Princic. Oder einer der anderen.
Es hatte nicht einmal etwas mit Evelyn Rambausek zu tun. Sie war nur ein Zufallstreffer gewesen. Ein Name in einer Akte.
In der Akte von Martina Stoisits.
»Edi«, sagte Marlies, als Pirker eben zur Tür hinauswollte. »Nachdem wir Christian Horvath festgenommen hatten, war mein Mann da irgendwann im Büro und hat sich die Unterlagen über den Fall angeschaut? Irgendwann?«
»Komisch, daß Sie das fragen«, meinte Pirker. »Das hat er wirklich gemacht. Ich war an dem Donnerstag länger im Büro, weil ich noch ein paar Berichte schreiben mußte. Er kam plötzlich herein und wollte die Akte von Martina Stoisits sehen. Ich dachte – ich meine, es war ja mal sein Fall. Ich habe mir nichts dabei gedacht.«
»Nein, natürlich nicht«, sagte Marlies. »Es ist nicht so wichtig. Gute Nacht, Edi.«
»Gute Nacht«, sagte Pirker.
Er machte die Tür zu.
Marlies saß reglos an ihrem Schreibtisch. Es war kurz vor halb neun Uhr. Das Haus um sie herum war still und verlassen.
Sie dachte: Wenn ich mich doch irre …
Wenn es ein ganz gewöhnlicher Mord ist, begangen von einem ganz gewöhnlichen Verrückten …
… Und nicht so etwas.

Sie stand kurz entschlossen auf und verließ das Büro. Sie ging hinüber ins angrenzende Gefangenenhaus. Es gab eine letzte Möglichkeit, sich Gewißheit zu verschaffen.
Sie klingelte den Wachebeamten heraus und ließ sich zu Gottfried Feuchtwangers Zelle führen.
Feuchtwanger lag auf seiner Pritsche. Er sprang auf, als die Zellentür geöffnet wurde.
»Sie sind das«, sagte er zu Marlies. Er starrte sie feindselig an. »Wenn das eine neue Verhörtaktik ist, können Sie sich die Mühe sparen. Ich habe alles gesagt, was ich zu sagen habe. Also gönnen Sie uns beiden ein bißchen Nachtruhe.«
»Ich möchte mit Ihnen reden«, erklärte Marlies. »Nur reden.«
Feuchtwanger lachte. »Also doch eine neue Taktik. Reden! Wozu soll das gut sein? Sie glauben mir ja doch nicht.«
»Überzeugen Sie mich«, sagte Marlies.
Ihr Gegenüber zögerte einen Augenblick, dann wandte er sich ärgerlich ab. »Auf einmal? Als ob Sie das wirklich interessieren würde. Als ob irgendeinen von euch interessieren würde, wer diese Morde tatsächlich begangen hat. Das ist euch doch ganz egal. Ihr braucht nur einen Sündenbock. Einen, dem ihr die ganze Sache anhängen könnt. Und der bin zufällig ich.«
»Das ist nicht wahr«, sagte Marlies.
»Wirklich nicht?« Feuchtwanger kam auf sie zu. Er blieb einen halben Schritt vor ihr stehen und sah ihr gerade in die Augen. »Haben Sie jemals daran gedacht, daß es irgendein anderer als ich getan haben könnte? Haben Sie? Jemals?«
Marlies hielt seinem Blick stand. Sie wußte, daß er

recht hatte. Sie hatte den Fall so zu lösen versucht, wie man es ihr beigebracht hatte. Wie es im Lehrbuch stand.
Sie war nie auf die Idee gekommen, daß die Morde irgend etwas mir ihr selbst zu tun haben könnten.
Sie starrte Feuchtwanger sekundenlang an, ohne ihn wirklich zu sehen. Sie dachte daran, wie sehr sie sich getäuscht hatte. Und wie sehr sie getäuscht worden war.
Sie drehte sich abrupt um und rief nach dem Wachebeamten. »Lassen Sie den Mann frei«, befahl sie.
Der Beamte starrte sie verständnislos an. »Was?«
»Den Häftling. Sie sollen ihn freilassen.«
»Jetzt?«
»Jetzt.«
»Aber das geht nicht so einfach«, sagte der Beamte. »Dazu brauche ich einen offiziellen ...«
»Den bekommen Sie morgen«, erklärte Marlies. »Tun Sie jetzt, was ich Ihnen sage. Ich bin Kriminalkommissarin Marlies Mittermann. Ich bin mit diesem Fall betraut.«
Der Wachebeamte schien einen Augenblick unschlüssig zu sein, dann zuckte er die Achseln. »Wenn Sie es sagen. Sie müssen ja wissen, was Sie tun. Aber korrekt ist das Ganze nicht. Das ...«
»Ich nehme es auf meine eigene Kappe«, sagte Marlies. Sie ging davon, ohne eine Antwort abzuwarten. Die Dinge hatten ihren Lauf genommen. Es war unmöglich, sie noch steuern zu wollen.
Sie kannte jetzt den wahren Mörder.
Den Mörder von Evelyn Rambausek und Roswitha Steiner.
Und sie wußte auch, wer sein nächstes Opfer war.
Das einzige, auf das er es wirklich abgesehen hatte.

Denn sie kannte jetzt sein Motiv.
Sie ging zurück in ihr Büro und setzte sich wieder an den Schreibtisch. Sie versuchte einen Bericht aufzusetzen, aber ihre Hände zitterten so sehr, daß sie kaum den Kugelschreiber halten konnte.
Auf der Uhr über ihrer Bürotür vertickten die Minuten. Sie war noch nie zuvor in ihrem Leben von einem Menschen so sehr gehaßt worden, daß er bereit war, dafür zu töten. Zu töten, nur um sie bei der Lösung des Falles versagen zu sehen.
Sie zuckte zusammen, als das Telefon läutete.
»Marlies?« sagte Helmut. »Gut, daß ich dich noch erwische. Ich habe schlechte Nachrichten. Wir haben schon wieder eine Leiche.«
»Eine Leiche?« fragte Marlies.
»Ja. Ich habe gerade davon erfahren. Ich dachte – vielleicht sollten wir beide uns die Sache erst einmal ansehen, bevor es an die große Glocke gehängt wird. Ich nehme an, es ist sonst niemand mehr im Büro?«
»Nein. Es ist niemand mehr da«, sagte Marlies.
»Könntest du gleich herkommen? Der Parkhausrohbau an der Triester Straße. In der Nähe vom Matzleinsdorfer Platz.«
»Ja, ich weiß, wo das ist«, sagte Marlies. »Ich komme.«
Sie legte auf. Einen Augenblick zögerte sie, dann stand sie auf und verließ das Büro.
Es war Helmuts grüner Ford Sierra gewesen, auf den Pauline Gassner von ihrem Wohnzimmerfenster aus gezeigt hatte.
Und die Leiche im Parkhaus, von der Helmut sprach, war ihre eigene.
Marlies ging zu ihrem Wagen. Die Straße vor dem Sicherheitsbüro war dunkel und menschenleer. Vom

Donaukanal fegte ein feuchter Wind herüber und riß die dürren Blätter von den Bäumen. Es nieselte.
Im Licht der Innenbeleuchtung prüfte Marlies ihre Waffe. Die Beretta war geladen und entsichert. Dann startete sie den Motor.
Es war zehn Uhr fünfzehn.
Sie fädelte sich in den Verkehr auf der Rossauer Lände ein, fuhr am Kai entlang bis zur Urania und weiter über den Ring. Gegen Viertel vor elf kam sie zum Matzleinsdorfer Platz.
Die Baustelle befand sich zwischen Triester Straße und Frachtenbahnhof; ein siebenstöckiges Parkhaus, der Rohbau war bereits zum größten Teil fertiggestellt.
Neben der Straße parkte Helmuts Wagen.
Es war niemand zu sehen.
Marlies stieg aus und betrat vorsichtig die Baustelle. Der Stromverteilerkasten neben der Bauhütte stand offen. Das Schloß war mit einer Eisenstange gesprengt worden.
Sie zögerte nicht, zum Aufzug zu gehen und einzusteigen. Das Sicherungsgitter reichte ihr gerade bis zur Hüfte. Sie schaute nicht nach unten, als sie den Motor in Bewegung setzte.
Der Aufzug ruckte langsam nach oben.
Marlies nahm die Beretta aus der Handtasche und legte die Tasche auf den Boden. Sie fuhr bis zum obersten Stock.
Sie wußte, daß sie erwartet wurde, auch wenn niemand zu sehen war. Vor ihr gähnte die schwarze Höhle der Parkplattform. Es gab keine seitlichen Befestigungen. Ein eisiger Wind fegte über die Plattform und heulte in den Betonpfeilern.
Sie stieg aus dem Aufzug.

»Helmut?« sagte sie.
Ihr Herz klopfte zum Zerspringen.
Sie wußte, weshalb sie hier war.
Sie war gekommen, um ihren Mörder zu treffen.
Aber es schien nicht wirklich zu sein. Die Szene war wie ein surrealer Alptraum, aus dem es kein Erwachen gab.
»Helmut?«
Sie fuhr herum, als das Geräusch des Aufzugs ertönte. Der Korb senkte sich langsam nach unten und verschwand in der Dunkelheit.
Neben dem Aufzugturm stand Helmut, seine Pistole im Anschlag.
»Laß die Waffe fallen«, sagte er. »Sonst muß ich dich gleich erschießen. Wirf sie zu mir herüber.«
Marlies zögerte einen Augenblick, aber sie wußte, daß sie keine Chance gegen ihn hatte. Er war ein viel zu guter Schütze. Sie warf die Beretta vor seine Füße. Helmut stieß sie achtlos über den Rand der Plattform.
»Warum, Helmut?« fragte Marlies. »Warum hast du Evelyn Rambausek umgebracht?«
Sie fühlte sich von ihm im Stich gelassen, mehr als jemals zuvor. Er hatte eine Grenze überschritten, hinter die sie ihm nicht folgen konnte. Er hatte die Brücken endgültig abgebrochen.
Es gab kein Zurück mehr für ihn.
Sie mußte an Christian Horvath denken und an die lange Nacht, in der sie sich gegenübergesessen hatten.
Das Leben stellte verrückte Dinge mit den Menschen an. Und die, denen es nicht ihre gerechte Chance gab, konnte es verrückt machen.
Ihr Mann war verrückt geworden, und sie hatte es nicht bemerkt.

Helmut lachte.
»Du bist also endlich dahintergekommen«, sagte er. »Du hast lange genug gebraucht.«
»Ich hatte keinen Anhaltspunkt«, sagte Marlies. »Kein Motiv.«
»Kein Motiv?« Helmut kam einen Schritt näher. »Ich hatte jedes Motiv. Ich hatte tausend Gründe, mir das zurückzuholen, was du mir genommen hast.«
»Aber nicht so. Nicht ...«
Marlies schüttelte den Kopf. Der Wind fuhr in ihre Haare und warf sie ihr ins Gesicht. Sie hatten beide bei diesem Spiel verloren. Und es schien, daß sie nie wirklich gewinnen konnten.
»Du meinst, weil ich mich gegen das Gesetz gestellt habe?« sagte Helmut. »Was für ein Gesetz? *Wir* sind das Gesetz. Keiner da unten hat davon eine Ahnung. Sieh sie dir doch an! Wie sie zufrieden in ihren Betten schlafen. Sie verlassen sich darauf, daß wir sie beschützen. Sie wollen gar nicht wissen, wie. Sie brauchen keine Beweise. Sie wollen einfach nur, daß wir jemanden einsperren. Irgend jemanden. Das ist ihnen schon genug. Es kommt nicht darauf an, Marlies. Es kommt auf einen mehr oder weniger nicht an.«
»Du hattest kein Recht, sie umzubringen«, sagte Marlies. »Nicht Evelyn Rambausek. Und auch nicht Roswitha Steiner. Sie waren ...«
»Unschuldig? Wolltest du das sagen? Aber das glaubst du doch wohl selbst nicht.« Er kam noch einen Schritt näher. »Die beiden waren niemand. Keiner hat sie vermißt. Warum sollten wir ihnen nachtrauern?«
»Sie sind für mich gestorben«, sagte Marlies.
Helmuts Stimmung schlug blitzartig um. »Sei nicht albern. Es war eine Lektion. Du hast mich lächerlich

gemacht, also habe ich dich lächerlich gemacht. Ich habe dir die Chance gegeben, das perfekte Verbrechen aufzuklären. Einen Mord, der mit seinem Opfer nicht das geringste zu tun hatte. Der nur einem bestimmten Schema folgte. Aber du hast versagt. Du hättest den Fall nie gelöst, wenn *ich* es dir nicht erlaubt hätte. Im Grunde genommen …« Er lächelte plötzlich. »…hast du genausoviel Schuld an ihrem Tod wie ich. Weil du ihn nicht verhindern konntest.«

Marlies blinzelte gegen den beißenden Wind. Sie mußte mit ihm reden. Sie mußte versuchen, Zeit zu gewinnen.

»Ich wollte …«, sagte sie.

»Du wolltest immer irgend etwas. Diesmal hast du mehr bekommen, als dir lieb war. So einfach ist das«, unterbrach sie Helmut. Seine Stimme klang beinahe zärtlich, aber seine Augen brannten in einem irrsinnigen Feuer, als er die Waffe hob und auf sie anlegte. »Das alles spielt jetzt keine Rolle mehr. *Das* ist dein letzter Fall.«

Marlies bewegte sich blitzschnell zur Seite und nach vorne. Ein Schuß krachte. Sie spürte einen Schlag gegen ihre linke Schulter, als sie sich gegen Helmuts Beine warf.

Sie verloren beide das Gleichgewicht. Helmuts Beretta schlitterte an den Rand der Plattform.

Marlies versuchte, danach zu greifen, aber Helmut riß sie zur Seite. Sie stieß mit ihrer verletzten Schulter gegen den Aufzugturm.

Der Schmerz nahm ihr für eine Sekunde das Bewußtsein. Helmuts Hände schlossen sich um ihren Hals.

»Ich habe es für dich getan«, hörte sie ihn flüstern. »Ich habe alles für dich getan. Weil wir zusammengehören. Für immer.«

Sie spürte, wie ihr Rücken sich über den Rand der Plattform schob. Sie griff blind ins Leere und bekam die Sprossen des Aufzugturms zu greifen. Panik mischte sich mit dem brennenden Schmerz in ihrer linken Schulter.
Sie kämpfte gegen ihre Höhenangst, dagegen, ohnmächtig zu werden, gegen Helmut, der sie mit seinem ganzen Gewicht über die Plattformkante zu drücken versuchte. Unter ihr gähnte eine schwarze Leere. Helmut hatte ihre Handgelenke gepackt und zerrte daran.
Ich will nicht sterben, dachte Marlies.
Nicht jetzt.
Noch nicht.
Und doch fühlte sich ein Teil von ihr bereit, loszulassen.
Zu fallen.
Für immer.
Ihre Hände rutschten eine Sprosse tiefer.
Ihre Schulter schmerzte wie tausend Höllen.
»Wir werden beide sterben. Du und ich. Gemeinsam«, sagte Helmut. »Es ist die angemessene Strafe. Für uns beide.«
Marlies bekam ihren Fuß gegen seine Brust und stieß ihn mit aller Kraft zurück. Sie wälzte sich zurück auf die Plattform und warf sich in Richtung der Beretta.
Als Helmut nach ihr griff, drehte sie sich herum und feuerte.
Helmuts Gesicht zeigte einen Ausdruck von resignierter Überraschung, als die Kugeln ihn trafen.
Marlies feuerte, bis das Magazin leer war.
Helmut machte einen Schritt auf sie zu, dann stolperte er seitwärts und stürzte über den Rand der Plattform ins Leere.

Sieben Stockwerke tiefer schlug sein Körper auf.
Marlies lag minutenlang unbeweglich. Ihre Hände, die immer noch die Waffe umklammert hielten, zitterten unkontrolliert. Blut pulste über ihren linken Arm.
Sie bekam nur mit Mühe Luft. Erst als sie die Sirenen der ersten Streifenwagen hörte, stand sie langsam, halb blind vor Schmerz, auf. Sie trat an den Rand der Plattform und starrte nach unten.
Helmuts Körper war nicht mehr als ein dunklerer Fleck auf dem dunklen Boden.
Sie hatte ihn geliebt.
Auf ihre Weise.
Weil er ihr ähnlicher war, als sie selbst wußte.
Und sie hatte ihn getötet.
Es war ein ebenso sinnloser Tod wie der von Evelyn Rambausek.
Oder von Roswitha Steiner.
Oder Martina Stoisits.
Es war der Preis für ihr eigenes Leben.
Aber sie wußte nicht, ob sie bereit war, diesen Preis zu zahlen.
»Ich hatte recht«, schrie sie zu den verblüfften Beamten hinunter, die auf die Baustelle stürmten. »Ich hatte mit allem recht. Aber ihr wolltet mir nicht glauben. Jetzt seht ihr, was ihr davon habt. Jetzt seht ihr alles.«
Dann setzte sie sich nieder, ließ ihre Beine über den Plattformrand baumeln und wartete darauf, daß die träge Maschinerie des Gesetzes sich in Bewegung setzte.